おやすみのキスはしないで

市村奈央

幻冬舎ルチル文庫

CONTENTS ✦目次✦

おやすみのキスはしないで

✦イラスト・街子マドカ

✦カバーデザイン＝久保宏夏（omochi design）
✦ブックデザイン＝まるか工房

おやすみのキスはしないで

ちょうど、授業を終えて講義室を出たところで、ジーンズのポケットのスマートフォンが短く振動した。取り出して画面を見ると、十一歳上の姉からのメッセージが届いている。小さな枠の中の簡潔な文章に、佐村《さむら》諒介《りょうすけ》は顔をしかめた。

『仕事の話があるので一度帰ってきてください』

面倒ごとなのが、ひと目でわかる。姉のメールが短くて敬語だったらそれは、たいてい厄《やっ》介《かい》ごとを諒介に押し付けようとしているときなのだ。

諒介は軽くため息をついて、スマートフォンを戻した。それから思いなおしてもう一度取り出す。面倒だけれど、返事をしなければ説教まで増えてますますややこしいことになる。「わかった」とだけ返信して今度こそジーンズに捻《ね》じ込んだ。

大学の校舎を出ると、ぽつぽつと雨が降っていた。朝は降っていなかったし、天気予報も雨だなんて言っていなかったはずだ。今日は厄日なのかとうんざりする。諒介の、不愉快を隠さない表情と舌打ちに、すれ違った男子学生がひゃっと息をのんで一歩飛び退《の》いた。

昔から外見を怖がられることは多いので、こういう反応をいちいち気にしたりしない。まなじりが切れ上がっているのと、結ぶと若干口角が下がる口元が主な原因のようだった。「話してみると案外普通」ともよく言われるので、おそらく諒介自身が普段から愛想よくしていれば解決する問題なのだと思う。ただ、その労力がひどく面倒だった。愛想をよくしていて周囲に人がいたからなんだというのか。どう考えてもさまざまが煩わしくなるだけだ。

知人や友人は、いないほうがいいとまでは思わないが、いなくても生活に支障はない。そう考えると、穏やかさや無防備さとは程遠いこの外見で、むしろ自分は得をしているのかもしれなかった。

地下鉄を二本乗り継いで一時間。自宅の最寄り駅に着くと、雨は本降りになっていた。駅前の歩道橋とファッションビルの輪郭が雨で淡くけぶっている。駐輪場にとめてある自転車はあきらめてバスに乗った。三つ目の停留所でバスを降りて、雨の中を走って一分。七階建ての白いマンションがあり、諒介はここに、姉と甥《おい》と三人で暮らしている。

玄関からそのままバスルームへ直行して、シャワーを浴びる。九月も半ば、冷たい雨に冷えた身体《からだ》がじんわりとあたたまる。左の膝《ひざ》がしくりとかすかに痛むのを見ない振りして、諒介はバスルームを出た。部屋で着替えてリビングのドアを開けると、ガラスのローテーブルでパソコンに向かっていた姉の亜由美《あゆみ》が目を上げた。すっぴんで部屋着、長い髪を頭のてっぺんで無造作にまとめている。かたわらではもうすぐ三歳になる亜由美の息子《むすこ》が寝息を立てていた。

「おかえり」

「ただいま。仕事の話って?」

面倒をあとまわしにしたくなくて訊《たず》ねると、亜由美はため息をつきながら肩を落として「それがね」と立ち上がった。話し声で息子の恵太《けいた》を起こしたくないのだろう。食卓に使っているダイニングテーブルに亜由美が移動したので、諒介も向かいの椅子《いす》に腰《こし》をおろした。

「ちょっと困った依頼が来たの」

ぽそぽそと小さな声で亜由美が話しはじめる。

諒介は、亜由美がはじめた小さな店でアルバイトをしている。『眠《ねむ》り姫《ひめ》の夢《ゆめ》』というのが店の名前だが、実店舗は持っていない。では、諒介を含めて三名のアルバイト店員がどこでなにをしているかというと、主にインターネットで依頼を受けた先に出張していって、依頼主の睡眠に寄り添っている。

『眠り姫の夢』は添い寝屋なのだ。

仕事の内容はただひとつ、一緒に眠ること。性的なサービスはいっさいおこなわない。

姉が唐突に「添い寝屋をはじめようと思うの」と言い出したのは、女手ひとつで育てている恵太が二歳の誕生日を迎えた日のことだった。いまから一年ほど前の話だ。

いわく、「女の子には、単に添い寝が必要なときもある」

恋人がほしいわけでもない、セックスがしたいわけでもない。ただとにかく、誰かに寄り添われて眠りたい。そう思っている女性はたくさんいるはずだと亜由美は熱く語り、ひと月後には『眠り姫の夢』のサービスを開始した。

姉はとにかく行動がはやい。なんでもひとりで決めてひとりで実行する。十年前、両親を事故で亡くしたあと自宅の一軒家を取り壊してマンションにしたときも、四年前、妊娠がわかって大手証券会社を辞めたときもそうだった。いつも大きな決断なので慣れることはないが、いちいち驚いたり自分の意見を言うことが無駄だということくらいは理解している。添い寝屋というのも、株と家賃収入でかなりの稼ぎがある姉の、趣味であり道楽なのだろうと思って、口を挟むことはしなかった。

ひとりで弟を育て、いまは息子を育てる亜由美には、きっと諒介にはわからない深い思いがあるに違いない。自分がいまできるのは、亜由美のやりたいことを邪魔せず見ているくらいだろうと思った。

それが間違いだった。『眠り姫の夢』にはじめて依頼が来た日、姉は笑顔で諒介を振り返って「気をつけて行ってきてね」と言ったのだ。それから、「顔がよくて性欲は薄い、あんたにぴったりなバイトだと思うのよ」と。

いやだ、とは一応言った。けれど、きつく拒否することはできなかった。事故で両親をいっぺんに亡くしたとき、姉は二十歳《はたち》、諒介はまだ九歳だった。それ以来、中学高校、大学にも行かせてもらっている。本当に感謝しているのだ。口に出すことはないけれど、内心頭が上がらない。冗談でも嫌がらせでもなく姉が自分にそうしろというのなら、言うとおりにしないわけにはいかなかった。

それに、長く続くような商売ではないと思った。添い寝なんかに需要があるなんて、そのときはまったく思わなかったのだ。けれど諒介の想像に反して、『眠り姫の夢』は顧客を増やすいっぽうだ。諒介は週に二度か三度しか仕事を受けないが、他のバイトふたりは毎日のように依頼主のもとに出向いているらしい。

「諒介のお客様で、寺本《てらもと》様っているでしょ」

確認されて頷《うなず》いた。寺本うららは、月に一度のペースで諒介を指名する常連客だ。明るくさっぱりした性格で、諒介を本当に抱き枕かなにかとしか思っていないのがよくわかるので、仕事がやりやすい。困った依頼という言葉からは、諒介が思う限り一番遠い人物だった。

「彼女の紹介のお客様なんだけどね」

亜由美は、そこでまた言葉を切った。姉がこんなふうに言葉に困るのは珍しい。二ヶ月前にも、うららからの紹介だという客はいた。そのとき「ちょっと面倒くさい子らしいけどよろしくね」と送り出されたのを覚えている。実際、少し精神的に不安定だったようで、朝までしくしくと泣き続けられて困惑はしたのだった。けれどそれくらいならよくある話でたいした問題ではない。

「はっきり言えば？」

諒介が促すと、姉は頷いて目を上げた。

「男性なの」

「……は？」

「だから、寺本様の紹介のお客様、男の人なの」

絶句する。『眠り姫の夢』の客は女性に限定されている。いままで一度も男からの依頼を受けたことはない。依頼や問い合わせは数件あったそうだが、すべて断っていると聞いていた。

「もちろん、何度もお断りしたのよ。でも、どうしても、諒介に、その人のところに行ってほしいって」

亜由美は、『どうしても』と『諒介に』をことさら強く発音した。うららがそこを強調したのをできるだけ正確に伝えようとしたのかもしれない。

なるほど、これは困った依頼だと諒介も思う。

女性に添い寝することを楽しいと思ったことはないが、同じことを同性相手にするのは想像するだけでちょっとぞっとする。うららのことはそれなりに信用しているので、おそらく危険はないのだろうが、それでもすぐには頷けなかった。

ただ、姉は『仕事の話がある』と言ったのだし、『困った依頼が来た』と言った。つまりこの件を断りきれなかったのだろう。そうでないならとっくにきっぱりと断って、そもそもこんな話を諒介にしない。

「で、受けたのか」

「まさか」

「でも、断ってないんだろ」

亜由美がぐっと詰まって諒介から目を逸《そ》らす。

「……行くかどうかは諒介の判断だって言ったわ」

しばし黙って考える。断ったとしても、不利益になることはないだろう。いくらうららが常連だといっても、どうしても抱え込んでおかなければいけない客なわけではない。自分たち家族がこの仕事で生計を立てているならともかく、亜由美の総収入の中で添い寝屋が占める割合は決して多くない。

けれど、うららがどうしてもと言ったというのが気になった。

諒介はいままで、添い寝屋として彼女の部屋を訪ねたときに、一度も無理や無茶を言われたことがない。客の中には、あからさまに性的交渉をねだったり、脅しじみた言葉でひどいわがままを通そうとする女性もいる。彼女たちにも、そうせざるをえないほどのなにかがあるのかもしれないが、少なくとも諒介の目には好ましくは映らなかった。そういう中で、寺本うららは唯一といっていいくらい、言ってしまえば手のかからない客だ。その彼女がどうしてもと言うのなら、それは本当にどうしてもなのだろう。

背後でもぞもぞと衣擦《きぬず》れの音がしたので振り返ると、甥っ子の恵太が昼寝から起きたところだった。ガーゼの上掛けを引きずって椅子の足元までやってきたので、抱き上げて膝に乗せた。まだ半分眠ったような険しい表情が、諒介と亜由美の父にどことなく似ていて、いつもはっとする。

「――行ってみる」

「え？」

キッチンに立った亜由美が、麦茶をそそいだプラスチックのコップを恵太の前に置いた。

「その、男の客。行ってくる」

「本当に？　襲われるかもしれないわよ？」

「そう思うなら断れよ」

コトワレヨー、と恵太が諒介の言葉を真似《まね》る。「だよな」とうしろから頬《ほお》をくすぐると、恵太は諒介を振り返って「なー」と笑顔を見せた。

「それで、いつ行けばいい」

そう問うと亜由美はまたそろりと諒介から目を逸らして「今夜」と言った。

「…………」

おそらくやはり、今日は厄日なのだ。


ＪＲの駅から歩いて十分。建物に表示されている住所に、諒介でも知っている高級住宅街の名が見えた。片手で傘を持ち、もう片手でスマートフォンの地図を拡大させる。そろそろ目的地が近い。

夜になっても、雨足が弱まる気配はなかった。亜由美は「タクシーで行ったら?」と言ったが、バイトへ行くのにタクシーを使うというのも妙な感じがしたのでいつもどおりに電車を使った。十九の弟に、姉は少し過保護だ。たしかに膝が重いが、雨の日に古傷がほんの少し痛むなんて珍しい話じゃない。

大通りから、一方通行の細い道へ折れると、一気に暗く静かな佇《たたず》まいがあらわれた。道幅は狭いが、両側の建物は一軒一軒の敷地が広く、諒介が住む普通の住宅地とは趣きがまるで違う。

探し当てたマンションも、門から建物までの芝生がちょっとした公園くらいに広かった。雨に濡《ぬ》れた土と草の匂《にお》いがしっとりと漂う。四階建てでそれほど大きくないが、不自然な木目の外観が、いかにも新築のデザイナーズマンションといった雰囲気だ。

エントランスのオートロックキーは依頼主の誕生日に設定してあると事前に聞いていた。ゼロ、イチ、ゼロ、イチ、と数字を押して開錠する。

天井の高いエントランスの床に、諒介の濡れたスニーカーが、キュッと大きな音を立てた。正面のエレベーターで三階まで上がると、廊下は絨毯《じゅうたん》張《ば》りで、踏んだ感触がふかっとやわらかいので驚く。ドアは、右にひとつと、左にひとつきり。右手の玄関にローマ字で「TERAMOTO」と表札が出ているのが見えた。依頼人の部屋だ。

チャイムを鳴らして少し待つ。臙脂色《えんじいろ》の絨毯に、濡れた傘から伝った雨水が染みをつくるのを見ていると、カチャ、とドアの開く重い音がした。隙間から、ひょいと男が顔を出す。

「諒介？」

第一声でいきなり明るく名前を呼ばれて、諒介は用意していた挨拶《あいさつ》を飲み込んだ。普通なら誰何《すいか》をされて、こちらから名乗るところだ。固まる諒介に、ドアを開けた男は不思議そうに首を傾《かし》げた。

身長はそれほど高くない。百八十センチある諒介より、十数センチは小さいだろう。けれど小柄な印象にならないのは、頭が小さいせいだろうか。片手で摑《つか》めそうに小さい顔の中には、ひとつひとつが精巧なパーツが完璧に配置されている。特に、猫のようなアーモンド形の目は、赤味の強い茶色に澄んで、大きな宝石のようだった。

一言でいうなら、とにかくきれいな男だ。煌々《こうこう》と明るい廊下に比べて、男が立っている玄関はやや暗いのに、まるで彼自身が内側から光っているように妙に眩《まぶ》しく感じる。

添い寝屋の男を呼ぶ男、という先入観で、なんとなく、テレビでよく目にするタイプの女性的な男が出てくるイメージがあった。けれど目の前にいるのは、少女めいた顔立ちはしているものの、清潔感のある普通の身なりの男だ。年は諒介より上だろうが、具体的にいくつなのかは予測できない不思議な雰囲気がある。

「添い寝屋の、なにがし諒介くんだろう？　違うのか？」

そうです、と諒介はぎくしゃく頷いた。

「待ってたんだ、雨の中ごくろうさま。入ってくれ」

招き入れられて、諒介はぺこりと頭を下げて玄関へ足を踏み入れた。ドアに傘を立てかけて、スニーカーを脱ぐ。男は裸足《はだし》をぺたぺた鳴らしながら部屋の奥へ諒介を先導した。

「左が風呂《ふろ》、右がトイレだ」

正面のドアを開けると、広々としたリビングだった。モノトーンのシンプルな部屋で、天井が異様に高い。見上げて、吹き抜けになっているのに気付く。リビングの左手に華奢《きゃしゃ》な階段があって、目で辿《たど》ると、二階部分にドアがふたつ見える。いわゆるメゾネット式の物件だ。

「上は六帖《ろくじょう》と七帖がひとつずつ。七帖がベッドルームで、六帖はまあ、書斎というか、いまは完全に物置だな」

男はまるで物件案内のように、キッチンまで見せてくれた。普段あまり料理はしないのか、三口あるクッキングヒーターは少しも汚れていない。さらに開けて見せてくれた冷蔵庫の中も、ミネラルウォーターとビールと牛乳パック、ちくわと笹《ささ》かまぼこしか見えなかった。飲み物と練り物しかない。

「寒くないか？　開放感が気に入って借りた部屋だが、天井が高いからこれからの季節は寒々しいんだ。特に今日みたいに雨が降ると、冷えるし気持ちも沈むし、人肌《ひとはだ》が恋しくなるよな」

諒介が相槌《あいづち》や質問を挟まなくても、男は軽快によく喋《しゃべ》った。他人を招いた緊張から口数が増える客もいるが、男はそういうタイプではなさそうだ。見知らぬ他人をひとり暮らしの部屋に招いても自然体なところが、はじめて会った日のうららを思い出させた。

「来てくれてありがとう。うららが、すごくよく眠れると言っていたから、楽しみにしていたんだ」

「……うららの」

「兄だよ。寺本わかばだ、よろしく」

「諒介です。——よろしくお願いします」

テラモトと表札が出ている部屋と聞いていたので、兄妹だと言われても驚きはなかった。むしろ、雰囲気がよく似ているので納得する。

「——いいな」

ふいに、わかばは目を細めてニイと笑った。諒介が首を傾げると、リビングの大きな窓にカーテンを引いたわかばが、すべるようにして近づいて目の前に立った。紅茶色の大きな目で、ひた、と見つめられてなぜか一瞬ぎくりとする。

「きみみたいな硬派っぽい男の子が、女の名前を呼び捨てにするのを聞くのは、ちょっとぞくぞくするな」

「……はあ?」

「俺のこともわかばと呼んでくれ」

わかばが背伸びをして諒介に顔を近付けた。つやのある真珠色の肌には、にきびの跡ひとつない。宝石の瞳を縁取る睫毛《まつげ》が、まるで作り物のようにピンと上向きに揃《そろ》っているのがよく見える。わかばが上げた顎《あご》を傾けると、いまにもキスをしそうな距離になった。

「……わかば」

仕事中はいつも、依頼人が呼ばれたいという名前で呼ぶ。緊張している相手には諒介から「なんて呼べばいい？」と声をかけることもあった。わかばが名前を呼ばれたいと言うなら諒介に断る理由も抵抗もない。

諒介が名前を口にすると、わかばは一瞬安堵《あんど》のような表情を見せて、スッと身を引いた。

「――うん、合格だ。じゃあ寝よう」

手首を摑まれ、ぐいと引かれる。階段を上がり、つきあたりのドアを開けると、真っ暗な部屋に大きなベッドが置いてある。それ以外にはなにもなかった。電気をつけると、ひんやりとした空気の寝室は、モデルルームのようによそよそしく感じる。ここで人が寝起きしているという生活感がまるでない。

「着替えるか？　なにか貸そうか」

「持参してるんで大丈夫です」

わかばは「なるほど、そういうものか」と感心したように言って、バサバサと服を脱ぎ出した。裸でベッドに入ろうとするのでとめて、服を着てもらう。「裸でないと眠れない」と不満そうにするが、女性客にもかならずなにかを着てもらっていると説明すると渋々納得した。

「明日は何時に起きますか」

「眠れるなら無理には起きない。きみの目が覚めたときにもし寝ていたら起こしてくれ」

まるで、眠れないことが前提のような言いかたをする。他人がいると安眠できないタイプなのだろうか。それならどうして添い寝屋を呼ぶのかがわからない。

そういえば、「どうしても」と諒介を指名してきた理由を訊《き》いていないなとちらりと思う。けれど踏み込む必要もなかった。理由を知っても知らなくても、自分がすることに変わりはない。諒介はなにも訊ねずに、持参したパジャマに着替えてベッドに入った。

「――」

マットレスの質がいいのだろうか。適度に身体が沈み込み、宙に浮いているような抜群の寝心地だ。吸い込まれるような心地よさに諒介が身体を弛緩させると、「最高だろう」とわかばがTシャツをかぶりながら自慢げに胸を反らす。

「このベッドで、そりゃあもうたっぷりと、目が溶けるくらい寝るのが夢だったんだ」

「……夢？」

「そう。だから」

Tシャツと下着姿のわかばは、ベッドの脇に立って諒介を見下ろすと、片手に持っていたものをズイと差し出した。受け取れという意味だったのかもしれないが、眉《まゆ》をひそめる以外の反応ができない。

諒介の枕元に、わかばが手にしていたものが放られる。

十センチ幅くらいの、安っぽい黒の合皮でできたふたつの輪が、鎖で繋《つな》がれている。動物の首輪にしては小さいし幅が広い、などと思う隙《すき》もなく、どう見てもそれは手錠だった。

「それで俺を拘束してほしい」

わかばの言葉はさらに予想外で、諒介はバカみたいに口を開けることしかできなかった。

無理を通して呼びつけたくせに、信用できないから拘束させろと言われるのだと思ったのだ。けれどわかばは逆を要求している。拘束してくれ、という言葉を、諒介は外国語を翻訳するようにもう一度頭で確認した。諒介がわかばを拘束する、という意味だ。手錠をはめられるのはわかばだ、という意味だ。間違っていない。

「大丈夫だ。痛くないものを選んだから」

革の裏側はもこもこと綿張りになっていて、たしかに痛みは軽減されるのかもしれないが、自分はべつに、わかばの苦痛を思いやって硬直しているわけではなかった。

「諒介、起きているか？　もしかして目を開けたまま寝るタイプか？」

肩を揺すられ、腕を引いて起き上がらされる。さらにシーツに落ちた手錠を手の上に乗せられて、諒介は喘《あえ》ぐように口を開けた。

「待て」

そういうのが好きな性癖なのなら、目の前のきれいな男は間違いなく変態だ。

諒介の胸の中で、いますぐ帰りたい気持ちが膨れ上がる。情緒不安定な女の鬱々《うつうつ》と泣く声を朝まで聞くより、拘束された同性の変態と一晩過ごすほうがきつい。

「なんで」

諒介の短い問いに、わかばは一瞬気まずそうに目を伏せて、それから、妙に芝居がかった仕種《しぐさ》でつらそうに顔をゆがめた。

「俺の中の、悪《あ》しきモノが出て行かないようにだ」

「帰りたい」

考えるより先に気持ちが完全に降参の白旗をあげてしまい、本心が口をついて出た。

俺の中の悪しきものだなんて、思春期の恥ずかしい妄想の典型みたいな台詞《せりふ》だ。普段なにをして生活しているのかは知らないが、社会に出ている成人男性が本心からそれを言っているならかなり問題がある。

「これで拘束してくれればいいだけだ。なんなら料金を上乗せしてくれてもいい」

「べつに俺は金に困っているわけじゃない」

「なら、俺を助けると思って」

「…………」

「頼む」

ベッドの上に正座したわかばが、じっと諒介を見上げた。紅茶色の瞳が、潤んで揺れる。必死のまなざしに諒介は困惑して、それから観念した。

この仕事を受けると言ったのは自分だ。面倒だとわかっていて、ここまでやってきた。こうなったら腹を括《くく》るしかないだろう。

バイトとはいえ仕事だから、引き受けた以上は帰りたくても帰れない。それなら、特殊な思考と特殊な性癖を持った変態は、拘束しておいたほうが自分が安全だ。諒介はそう自分をむりやり納得させる。

「わかった」

諒介がため息混じりに頷くと、わかばはほっと息をついて、安心したように微笑《ほほえ》んだ。いそいそと背中を向けて両手首を差し出すので、気が進まないながらも、後ろ手に拘束する。するとわかばはそのままこてんと横になった。

「……痛くないんですか?」

平気だ、とわかばは言うが、背中で両手を固定されていて安眠できるわけもないように思えた。諒介は、自分も横になってわかばの身体を抱き寄せる。少し自分の胸に乗り上げさせるように抱いていてやれば、少なくとも自分の体重を腕にかけなくてすむだろう。無造作に

引き寄せると、わかばはぱちりと目を瞠《みは》った。

「なに」

「……いや、手慣れているなと思って」

もう一年近くもこの仕事をしている。はじめのころは、それこそ諒介のほうが緊張して、借りてきた猫のように眠れない夜を過ごしたが、最近はどこでも図太く振る舞えるようになった。もともと他人と触れ合うことはそれほど好きではないのに、人間はどんな環境にもそれなりに適応してゆくものだと、自分でも感心している。

「こういう行為は、練習をするのか?」

「しない」

「なら、諒介は才能があるんだな。添い寝の」

「どんな才能だ」

わかばが、くふっと空気が抜けるような笑い声を立てて、「おやすみ」と目を閉じた。おやすみと答えて、諒介は部屋の照明を操作するリモコンを探す。サイドボードに乗っていたので、手を伸ばして明かりを消した。

真っ暗になった部屋で目を閉じる。わかばの深い呼吸に合わせて、息を吸って、吐いた。抱いた身体から、ほんのりと、甘い花のような香りがする。さっきまでは気がつかなかった。強く鼻を刺激するのではなく、ゆるりと身体に絡みついてくるような香りだ。

どんな系統でも香水の類《たぐい》は苦手だけれど、不思議といま嗅《か》いでいる香りはすっと気持ちよく胸に入った。深く吸い込むと、ほんのかすかだけ、酩酊《めいてい》したようにくらくらとする。わかばも、諒介の肩口で深く息を吸った。熱い息が鎖骨にかかる。その吐息も、ふわりと花の蜜《みつ》の香りだ。

変な男だと思いながら、諒介は徐々に眠りに落ちていった。わかばがいつ眠ったのかは覚えていない。

翌朝、目が覚めて部屋の時計を見ると、十時半を回っていた。遮光のカーテンのせいで部屋は暗いし、隙間から差す光も弱いから、明け方くらいだと思った。思わず自分のスマートフォンでも時刻を確認した。十時三十八分だ。

ゆうべはベッドに入ったのもはやかったので、計算すると、つまり半日近く寝たことになる。いくらなんでも寝すぎた。喉《のど》が渇《かわ》いて、乾燥しているのかツンと鼻が痛い。

わかばは諒介の腕の中で、まだ静かな寝息を立てている。安心しきった子供のような寝顔に諒介はしばし見入った。他人の寝顔なんてしょっちゅう見ているが、こんなに甘くとろけるような表情ははじめてだ。

あまりにもよく眠っているので起こすのがかわいそうなくらいだったが、水が飲みたくて、諒介はわかばの肩を揺すって目を覚まさせた。わかばは「うーん」と不機嫌そうな唸《うな》りを上げるが、目を開ける気配はない。

「わかば」

名前を呼ぶと、今度はこちらが驚くくらいカッと目を見開いた。わかばがまばたきもせずにじっと見つめてくるので、諒介も困惑しながら視線を受けとめる。ありえないことが起こった、とでも言いたげな顔をしている。

「諒介。――おはよう」

「おはよう」

「朝だな？」

「十時半」

時計を指さすと、わかばがますます目を瞠る。

「壊れてるんじゃないか？」

「合ってる」

スマートフォンの画面も見せると、わかばは「はー」と感嘆の声を上げた。

「これは、かなり寝たな」

わかばが起き上がろうとして、後ろ手の手錠に阻まれる。腕を伸ばして外してやった。裏側に綿のクッションがあっても、半日拘束されていれば跡になって当たり前だった。華奢な手首が赤くなっているのが痛々しい。

「いやー、身体がミシミシする」

拘束を外しても、身体が固まっているらしくわかばの動きは緩慢だ。少しずつ慣らすようにのろのろ起き上がりながら、けれど声は清々《すがすが》しく明るい。

「よく寝た」

ベッドを降りたわかばが、部屋のカーテンを開ける。昨日からの雨がまだやまず、空は重く曇っていたが、窓を開けて大きく伸びをする後ろ姿は健康的で、諒介に晴れた朝を思わせた。

「諒介」

強い風に雨が吹き込むのも構わず、窓を開け放したままわかばが戻ってくる。チカッと空が光って、遠くでドオンと雷の音がした。

「最高の朝だ」

「……俺は雨苦手なんで」

「天気の話じゃない」

そうですか、と理解したわけでもなく相槌を打つ。着替えようとベッドを降りると、わかばが諒介の前に立った。

「きみは丁寧に喋るのかそうじゃないのかどっちなんだ」

「は？」

「急にデスとかマスとか言われると、突き放されているみたいで傷つく。やめてくれ」

咎《とが》めるニュアンスではない、さっぱりと率直な主張に、諒介は頷いた。客に「敬語はやめて」と言われればそれに従うのはいつものことだ。諒介もそのほうが楽でいい。

諒介が身支度《みじたく》を整えているあいだに、わかばがコーヒーをいれてくれた。やけに濃くて目が覚める。リビングにはL字型の立派なソファがあったが、薄暗いキッチンで立ったままコーヒーを飲んで、諒介は空のマグカップをシンクに置いた。

「じゃあ、帰る」

「そうか」

玄関で靴を履いていると、財布を持ったわかばが背後に立った。料金を受け取り、持参した領収書を渡す。

金銭のやりとりだけは慣れずに、今日も気まずいような気持ちになった。「ありがとうございました」と言うべきなのだと思うのに、なぜかそれが言えず、いつも無言のやりとりになってしまう。

「ありがとう、諒介。おかげで、本当によく眠れた」

わかばがはにかんで微笑む。たしかに、昨日の夜より雰囲気が穏やかな気がして、諒介は「ならよかった」と頷いた。

「また呼んでもいいか？」

遠慮がちに問われて、諒介は返答に迷った。

『眠り姫の夢』は女性からの依頼しか受けない。それが店のルールだ。ゆうべも諒介は、うららの顔を立てるつもりで、一度きりと思ってここへ来たのだった。

「だめか。そうだよな、もともと無理を言って捻じ込んだんだもんな」

諒介の沈黙を否と取ったのか、わかばがしゅんと俯《うつむ》く。ふわふわとした茶色い髪の中、つむじがふたつあるのが見えた。

「――わかった」

諒介の返事に、わかばが「え？」と顔を上げる。

「あんたの予約が入ること、店には俺から言っておく」

「いいのか？」

頷いた。結局、一晩普通に眠っただけだった。拘束してくれと言われたことには引いたけれど、それでなにか自分に被害があったわけではない。寺本わかばは、男性であるということを除けば面倒のない、優良な客だ。

「ありがとう、助かる。じゃあまた近いうちに」

頷いて、傘を持ってわかばの住むマンションを出た。降り続く雨のせいで、地面にはあちこち小さな池ができている。数歩歩くと、左の膝が急に思い出したようにじわりと痛んだ。

ため息をついて膝をひと撫《な》でし、大きな通りへ出たところでタクシーを拾う。

自宅までは十五分ほどの距離だった。

「ただいま」とリビングに声をかけると、すっとんできた姉に頭をてのひらで叩《たた》かれる。

「……ッ！」

「心配したじゃないの！　どうしてメールしないの！」

荒っぽい音を聞きつけた恵太も積み木を片手に駆けてきて、諒介の足にしがみつく。

「……忘れてた」

添い寝の仕事に出たときは、客の家に着いたときと帰るときに、亜由美宛にメールをするのが決まりだ。密室で他人とふたりきりになるのだからリスクはもちろんある。安全と無事を報告するのは当然の義務だった。いつもはかならずしているその報告を、すっかり忘れていた。

「何度も電話しようと思ったのよ！　もう！　こういうときこそちゃんと安否確認させてよ！」

「悪かった」

自分の失敗に自分で驚く。目覚ましをかけずに寝たせいもあるが、あんな時間まで目が覚めなかったことも実ははじめてだった。どちらも、わかばが男だということは理由にならない。逆にそれが理由で寝付けなかったり、いつも以上に報告をしてもいいくらいだ。

「それで、大丈夫だったの？」

頷いて、「うららの兄貴だった」と言うだけにとどめた。手錠を差し出され、依頼主を拘束して寝たなんて、わざわざ話すようなことでもない。それに、今後もわかばからの指名が入ることを考えたら、亜由美の印象を悪くするような報告はしないほうがいいと思った。

「また俺に指名入ると思う」

「え、また行くの？」

亜由美が眉をひそめた。

「ねえ、店の売上を気にしてるならやめてよね」

「そんなんじゃない」

『眠り姫の夢』という店が、慈善とまでは言わないが、大きな利益を狙っての事業じゃないことは知っている。そうでなくてもこれは、無理してまで受けるような依頼じゃない。

ただ、これまでの女性客と同じだと思ったのだ。なにか理由があって添い寝が必要で、それは他のことでは埋められない。今朝わかばが、彼女たちと同じように自分に「ありがとう」と言ったとき、そう思った。

理由も知らない、共感もできない。けれどわかばには添い寝屋が必要なのだ。それだけはわかる。

「――よく寝てたんだ」

ぽつりと呟《つぶや》くと、亜由美が呆《あき》れたようにため息をつく。

「ほんとあんたって、なんていうか、やさしいのよね」

恵太が抱っこをせがむので抱き上げた。外は肌寒いくらいなのに、恵太からは子供特有の、まろやかな汗の匂いがする。

ふと、わかばから漂った、夜の闇の中の、花が開くように甘い香りを思い出した。

自分の肩口に鼻を近付けてみる。わかばが匂いのするものを身につけていたのなら移り香があってもいいはずだが、なにも香らない。思い出してみれば、今朝は同じ匂いを嗅いだ記憶がない。朝には香りは消えていたということだろうか。

不思議で、引っかからないこともなかったけれど、あまり深くは考えなかった。空腹を思い出して、そちらのほうに気をとられる。

「……腹減った」

「やだ、朝ごはん食べてないの？」

亜由美が見上げた時計に諒介も目をやった。もう昼に近い。

「ちょっとはやいけどお昼にしようか、恵太」

膝は？　と亜由美にさりげなく問われ、大丈夫と答えた。

外はまだ雨が降っていて、時折空がピカリと光る。こんな天気を「最高の朝だ」と言ったわかばの明るい声が、なぜかひどくはっきりと諒介の耳元によみがえった。

わかばから二度目の指名が入ったのはちょうど一週間後のことだった。大学の図書館で勉強をしていた諒介は、着信したメールを読んで眉をひそめた。

メールには、十九時に依頼人宅へ、とある。寝るにはずいぶんはやい時間だ。

たまに、食事や酒に付き合ってほしいという客もいる。そういう依頼も亜由美は断らない。できることには限界があるが、諒介は、夜の時間にできることでセックス以外のことには大抵付き合う。夜通しゲームをしたこともあったし、お菓子作りを手伝ったこともあった。

わかばがいったいなにをしようとして諒介をはやい時間に呼びつけたのかはわからない。先週はずいぶんと長く寝たから、早寝をしてもう少しはやい時間に起きたいだけかもしれないとも思う。

とはいえ、考えても無駄だ。一度家に帰って、シャワーを浴びて身支度をしなおす。諒介が添い寝の仕事のときに持参するのは、パジャマとフェイスタオルと歯ブラシだけだ。それらを無造作に鞄につめて、家を出た。

わかばの自宅の最寄り駅に着いたときには、だいぶ暗くなっていた。日が短くなったのを実感する。

まっすぐ歩いてクリーニング屋の角を曲がるだけなので、二度目は地図を見ずに辿り着いた。エントランスの暗証番号も単純すぎて忘れられない。ゼロイチゼロイチと入力しながら、元日生まれというのが、なんとなくわかばらしいと思った。

エレベーターで三階へ。チャイムを鳴らすと、待ち受けていたかのようにわかばが飛び出してきた。ジーンズにパーカー、顔の半分ほどの大きさがありそうな黒縁の眼鏡《めがね》というスタイルは、お忍びのアイドルのように見えた。諒介より年上のはずだが、十代に間違われてもおかしくない。

「待ってた。さあ出かけよう」

「出かけるって、どこに」

「腹は減っているか？」

「減ってるけど……」

よし、とわかばは頷いて、エレベーターのボタンを押した。諒介が上がってきたばかりだったので、すぐに扉が開く。ひっぱり込まれて地下の駐車場へ連れて行かれた。そして、明るいブルーのミニクーパーの助手席に放り込まれる。諒介がシートベルトをするのも待たずに、わかばは車を発進させた。乱暴な出発に舌を噛《か》みそうになる。

「きみとの約束が七時だったから、急いで帰ってきたら腹が減った」

「はあ」

どこへ連れて行かれるのかと窓の外に目をやったところで、「着いた」とわかばが言い、車が停まる。五分も走っていないので、歩いてもそんなにかからない距離だ。首をひねりながら車を降りる。住宅街の駐車場で、すぐ隣にひっそりとした看板が出ている小さな店があった。知らなければ看板にも店にも気付けないような佇まいだが、わかばの目的地はここらしい。崩し字で、隠寿司、と書いてあるようだった。

「……かくれずし？」

「おにずしと読むらしい。友人の店なんだ」

不穏な名前だ。わかばがガラガラと戸を開けて中へ入っていくので、諒介もあとに続いた。七席のカウンターのみの店内は、明るく清潔だ。酢の香りが食欲を刺激した。他に客はいなくて、わかばと並んで中央の椅子に腰かける。

寿司屋なんて久し振りだ。昔はなにか祝い事があると、姉とふたりで食事に出かけたが、恵太が生まれてから外食はほとんどしていない。

「いらっしゃい、わかば」

「よう、こんばんは、嵐《あらし》」

カウンターの中にいた、いかにも寿司職人といった紺の作務衣《さむえ》の男がにこりと笑った。長身で、狐に似ている。

「今日は若者を連れてきたんだ。たくさん食うから覚悟してくれ」

「それはいいね。わかばは生魚を食べないからどうも握り甲斐《がい》がなくて」

カウンター越しに渡された熱いおしぼりで手を拭《ふ》きながら、信じられない思いでわかばに目を向けた。

「なんだ」

「生魚を食べないのになにしに寿司屋に来るんだ」

「魚以外にもいろいろあるだろう。たまごとか、かっぱ巻きとか、いなり寿司とか」

「いなり寿司はわかば専用メニューだよ」

狐顔の男が軽いため息をつく。

「とにかく、寿司屋といえば生魚だなんて、発想が貧困すぎるぞ」

びし、と鼻先に人さし指を突きつけられる。呆れて目を細めると、わかばはむっとしたように唇《くちびる》を尖《とが》らせた。子供みたいな仕種だ。

「……これから俺の金でトロだウニだイクラだって食うくせに」

「有無も言わさず連れてきたのはそっちだろ」

「食いたいくせに」

それは実際そうだ。諒介がぐっと黙ると、わかばは勝ち誇ったように細い顎をつんと反らした。それから唐突にふにゃりと笑顔になる。表情の落差は、砂糖菓子がほろりと崩れるようで、その甘さにどきりとした。

「なにを食べる？」

無防備な笑顔のまま訊ねられ、諒介は毒気を抜かれたような気分で「ウニ」と答えた。

「はい、ウニね」

「嵐、俺は茶碗蒸しだ」

「……はいはい」

嵐、わかばと呼び合うふたりを諒介はちらりと見比べた。わかばの年もわからないが、カウンターの向こうの嵐と呼ばれた男も年齢不詳だ。振る舞いが堂々としているので、この店の店主は彼なのだろう。

「はい、どうぞ」

白木の盛台にウニの軍艦が置かれる。わかばに目をやると「召《め》し上がれ」と頷くので、「いただきます」と手を合わせてから醤油《しょうゆ》をつけて口に入れた。

「……うまい」

ウニはとろりと濃厚で、びっくりするほど甘い。思わず声が出る。

「そうだろう、そうだろう」

わかばはまるで自分が握ったかのように自慢げだ。

「どんどん行こう。次は？」

促されて、ヒラメと甘海老《あまえび》を頼んだ。これもすこぶるうまい。

「嵐はこの道一筋四百年だからな。目利きだし腕もいい」

この道四百年という表現が多少引っかかったが、冗談に決まっているので適当に聞き流した。そのくらい目の前に置かれる寿司はことごとく最高だった。こんなに美味《おい》しいものを食べずに、たまごやかっぱ巻きを頼むなんてわかばはどうかしている。

諒介が夢中で食べている隣に、やっとわかばが頼んだ茶碗蒸しが置かれる。どんと置かれた丼《どんぶり》いっぱいの茶碗蒸しに、諒介は目を疑う。

「うどんが入っているんだ」

わかばはウキウキとした調子で割り箸を手に茶碗蒸しを食べはじめた。たしかに、かまぼこと海老、三つ葉の飾りの下から、太いうどんが出てくる。それは茶碗蒸しではなくておだまき蒸しだろうと思ったが、自分の盛台に中トロが置かれたので突っ込むのはやめる。

「うん、うまい！」

「うちはおうどん屋じゃないんだけどね」

「いやいや、うどん屋でも充分にやっていけるぞ」

「ありがとう」

嵐は慣れたふうにわかばをあしらう。なんとなく気になって、諒介は目の前の嵐に「この人はよく来るんですか」と訊いた。

「そうだね、もう十年以上になるかな、週に二回のペースで来てもらってるよ」

立派な常連だ。けれどそれより、十年という長さが引っかかる。十年前、わかばと嵐はいくつだったのだろう。

「わかばはまだ中学生だったよね」

「そうだな。嵐はすでにこうだった」

十年以上前に中学生というヒントで、年齢はある程度絞れる。諒介は頭で計算して、けれど結局面倒になって本人に訊ねる。

「あんたいくつなんだ」

「ん？　二十七だ」

「普段なにやってる人？」

「なにって、サラリーマンだよ」

わかばがスーツを着て満員電車に揺られているところなんてまるで想像できなかった。住まいも車も食生活も容姿も、普通のサラリーマンではありえない。絶対に嘘《うそ》だと思う。

「疑われているよ、わかば」

嵐がくつくつと笑い声を立てた。笑うとますます狐に似ている。

「ひどいな。九時に出勤して六時に退勤する毎日なのに」

わかばは芝居がかった仕種でむっとしてみせて、それからひょいと隣から身を乗り出して諒介の顔を覗《のぞ》き込んだ。

「諒介は大学生だよな」

「ああ」

「どこの大学だ?」

「M大」

「学部は?」

「商学部」

「何年生?」

「二年」

訊ねられるままに答えていたら、突然わかばがパシンと箸を置いた。

「おい、これは疲れるぞ! どうしてひとつ訊かれたらひとつしか答えないんだ。大学生だよなと俺が言ったらそれに答えて『M大商学部の二年生です』とくらい言ったらどうなんだ」

ぷりぷりとわかばは怒りを弾《はじ》けさせて、嵐に向かって「たまご」と言った。

怒りといっても、小さな火花がパチパチと弾けるみたいな一種の可憐《かれん》さがあって、不思議と不快ではなかった。ただ、喜怒哀楽がくるくると切り替わるのについていけない。

「諒介」

「なに」

「もう一度訊くぞ。大学生だよな?」

面倒くさいと思ったが、わかばは「答えなければ次の注文はなしだ」と脅してくる。

「M大商学部二年生、佐村諒介です」

仕方なく答えると、わかばは「よろしい」と重々しく頷いた。仕種がいちいち大袈裟《おおげさ》で、見ているだけでも疲れる。

「だけど諒介、俺に苗字《みょうじ》を教えてよかったのか？」

「…………ッ」

うっかりしていた。普段から、自分の個人情報はなるべく話さないようにしている。一度、添い寝の客に学校まで訪ねてこられて困ったことがあってからは、名前以外を客に教えたことはない。

にやにやと笑うわかばから目を逸らした。どうも調子が狂う。自分のこともそうだが、相手についても、普段は絶対に訊ねたりしない。さっき諒介はなんの気なしにわかばに年や職業を訊ねたが、これもはじめてのことだった。

わかばの容姿や住まいから推察できることがあまりに少ないせいもある。普段なら、顔や振る舞いを見ればだいたいの年齢はわかるし、住んでいる街や物件、インテリアを見れば生活レベルも察することができる。もともと諒介は他人にあまり興味がないのだ。一晩寄り添って寝るだけの相手をそれ以上知りたいとは特に思わない。

「嵐。諒介に、ご褒美になにかとっておきを出してやってくれ」

「いいよ、まかせて」

わかばが手を伸ばしてきて、諒介の頭をわしわしと撫でた。

「それを食べたら帰ろう。腹いっぱいで眠い」

「あんた、茶碗蒸しとたまごの握りしか食べてないだろ」

「若者とは違うんだ。そんなばかみたいに食べられない」

眠いというのも嘘ではないらしい。わかばは小さな口を開けてふわあとあくびをした。

カウンターの向こうから、ご飯茶碗が差し出されたので受け取った。ウニ、いくら、イカ、ネギトロ、サーモンがこんもりと山になった海鮮丼で、たしかにこれはとっておきだ。わかばの前には熱い日本茶が置かれる。

諒介が海鮮丼を食べ終わると、わかばがカードで会計をした。並んで店を出て、車でマンションへ戻る。この距離を行って帰るだけなら徒歩でよかったんじゃないかと言うと、わかばはあっさりと「それもそうだな」と頷いた。

「別の店でもよかったんだ。だけど急に、あそこへ諒介を連れて行きたいなと思って」

「どうして」

「うーん。……公園に行くと、知らない子供が自慢げにだんご虫を見せてくれたりするだろう？　そういう感じかな」

言いたいことはなんとなくわかるが、たとえがおかしい。整った顔から「だんご虫」という単語が出てくるのがおさまり悪いのだ。「うまかったろ？」と微笑む横顔は、薄暗い車内でうっすらと発光して見えるくらいきれいだった。

「うまかった。ごちそうさまでした」

「うん。きみはいい子だな」

マンションに着くと、わかばはすぐにバスルームへ直行した。そしてあっという間に出てくる。濡れた髪から水が滴《したた》っていてもおかまいなしだ。交代で諒介も風呂を借りた。広々とした清潔なバスルームだが、よく見ると大きな湯船の隅には埃《ほこり》が溜《た》まっていた。普段から湯につかる習慣がないらしい。もったいないなと思いながら、諒介もてばやくシャワーを浴びる。

パジャマを着て、歯を磨いて、わかばと一緒に二階の寝室へ上がった。

「さて、じゃあ頼む」

ベッドに上がると、先週と同じように手錠を渡される。

「……こういうのが好きなのか」

寝づらいだろうと思うと自分のほうまで息苦しくて、こんなものはすすんで誰かにつけたいものじゃない。どんな理由があるのかは知らないが、これに代わるものが他にないのだろうか。

わかばはぱちりと一度目をまたたいて、それから伏せた。

「これは封印だ。こうしないと、俺の中の闇が暴れ出して、きみに害をなす」

わかばの答えは先週と変わらない思春期の悪い病気だった。まともな会話にならないことに疲れてため息が出る。するとわかばは、手錠を諒介の手に押し付けながらうっすらと苦笑した。

「なら、本当のことを教えようか」

諒介は視線を上げて、身を乗り出したわかばの目を見つめ返す。

「――実は、俺は淫魔《いんま》なんだ」

「………………」

「正確には淫魔と人間のハーフだ。母が淫魔で父が人間。だから、こうして拘束しておかないと、夜には淫魔の習性が目覚めてきみを襲うかもしれない。俺に貞操を奪われたくないだろう？」

やっぱり呆れて言葉もない。面倒になって、諒介は皮のベルトでわかばの両腕を前回と同じように拘束した。そもそも、わかばの事情も理由も性癖も、自分が知る必要はないのだ。

「おやすみ、わかば」

抱き寄せて布団《ふとん》をかけると、わかばはじっと諒介を見上げた。暗くした部屋の中、わかばの目だけが濡れたように光る。ふっと、覚えのある甘い花の香りがした。狭い車の中でも匂わなかったのに、夜、ベッドの中でだけはっきりと感じる。わかばではなく、寝具の匂いなのかもしれないと思って、諒介はスンと鼻を鳴らして肩にかかる布団を嗅いだ。違う。

わかばのこめかみでもう一度息を吸う。とろけるような甘い香りの花に、直接鼻をつけたみたいだった。

「諒介、……大丈夫か」

なぜか、わかばが諒介を気遣うような声を出した。

「なんで。あんたこそ本当に大丈夫なのか」

どうしてこんな方法で眠らなければいけないのか心底不思議で首を傾げると、わかばはきょとんと目を瞠る。

「……すごいな」

「なにが」

「いいんだ。……本当にすごい。ありがとう」

きらめく瞳でうっとり見上げられて困惑した。なにか自分が偉業をなしたような気分にさせられる。くすぐったいような感覚に、諒介はわかばを抱いた腕に力を込めた。甘い花がますます強く香る。

目を閉じるとくらくらとするのも妙に心地よかった。すう、とわかばの寝息が聞こえて、諒介もじんわりと眠りに沈む。

翌日も、目を覚ましたのは昼近くになってからだった。

「わかちゃんのところ、行ってくれてるんだよね。ありがとね」

「わかちゃん？」

振り返ると、うららがちょうどカットソーを脱ぎ捨てるところだった。形のいい乳房がぷるんと震えて諒介は気まずく目を逸らしたが、うららはまるで気にせずに着替える。特殊な職業についているせいか、彼女は裸になることにまるで抵抗がない。

「わかばお兄ちゃん。略してわかちゃん」

「ああ……」

そうだ、わかばはうららの兄だったのだと思い出す。

「わかちゃんはどう？」

「どうって」

「どんな感じ？　ちゃんと寝てる？」

諒介は、三日前にわかばと一緒に出かけてその後一緒に眠ったことを思い返しながら、少し考えて「変な人だけど、すごい寝る」と答えた。

「すごい寝るの？　わかちゃんが？」

「半日近く寝る」

「それはすごいね」

べつにすごくないだろ、と諒介が首を傾げると「すごいの！」とうららが飛びついてきた。もこもこした、キャラクターの着ぐるみを着ている。これで寝るのはまだ暑くないだろうかと見下ろしていると「かわいいでしょ」とうららが自慢げに胸を張った。

見上げてくるきらきらとした目がわかばとよく似ている。兄妹なら似てても当然だが、顔や性格というより、もっと根本の部分がふたりは同じであるように諒介には感じられた。

ふと、わかばの言葉を思い出す。

――淫魔なんだ。

ばかばかしい。首を振ると、うららが「どうしたの？」と首を傾げた。

「いや、わかばが変なこと言ってたのを思い出して」

「変なこと？」

「自分は淫魔だとか」

「そうだよ」

え、と諒介は眉をひそめた。聞き違いだと思ったのだ。

冗談に決まってるじゃん、わかちゃんってそういうとこあるんだよー、からかわれちゃったね。

たとえば、諒介が予想していたのはそういう返答だ。

けれど、自分の耳がおかしかったのでなければ、いま、うららは「そうだよ」とわかばの主張を肯定したのだ。

「……淫魔？」

「うん、淫魔」

「わかばが？」

「うん、うららもだよ」

頭が痛い。

諒介が頭痛に目を瞑ると、うららは「眠いの？」と首を傾げた。もうそういうことでいいと思って頷く。

うららの部屋は広めの１Ｋだ。家具類はすべて白か赤かピンク。部屋の奥には天蓋《てんがい》つきの大きなベッドがドンと据えられている。うっすら透けるレースのカーテンに囲まれたベッドへ追い立てられ、諒介はうららを抱いて横になった。

「でもそっか、わかちゃん、諒介くんにはそのこと話したんだね。他にはなにか言ってた？」

ほか……、と記憶を辿る。なにか言っていたような気もするが、荒唐無稽《こうとうむけい》すぎて覚えていない。諒介が無言で肩を竦《すく》めると、うららは「信じられない？」と首を傾げて、濡れたようにきらめく目で蠱惑的《こわくてき》に微笑んだ。

淫魔なんているわけがない。「淫魔です」と言われて、はいそうですかと信じる者がいたらそのほうがどうかしている。

「でも、うららは淫魔だから、いまのオシゴトしてるんだよ」

ふわ、とうららはあくびをして、「明日は撮影があるから七時に起きるね」と言った。諒介はスマートフォンのアラームをセットして枕元に置き、あらためて腕の中のうららに目を向けた。

うららはＡＶ女優だ。月に一本から二本のペースで作品が出ている人気女優で、最近は深夜のドラマやバラエティ、雑誌のグラビアなどでもよく目にする。そこらのアイドルよりもよほど整った顔立ちとスタイルで、正直諒介は、あえてＡＶ女優にならなくてもよかったのではと思っていた。他人の事情には踏み込まないのが添い寝の仕事の鉄則なので、どうしてＡＶに出てるのかをうららに訊ねたことはない。金に困っているんだろうかくらいの邪推をしたことはあったが、「淫魔だから」という理由は考え付きもしなかった。当たり前だ。

「淫魔っていうのはつまり、セックスで人間の精気を奪って生きてるのね。それがないと生きていけないの。だからね、やっぱりいろいろあるんだよ。フツーの人との常識の違いとか、ズレとか。そういうのがすごく面倒になって、もう自分の感覚で生きようって思って」

「自分の感覚？」

「うららにとって、セックスは食事と同じで、尊いことでも恥ずかしいことでもないの。大事なのは、一定のペースで精気を吸収できること。それも、なるべく面倒のないやりかたで。そうやって考えたときに、たまたまいまの事務所にスカウトされたんだよね。風俗と迷ったんだけど、ＡＶにしてよかった。あのね、すごいんだよ。うらら、ＡＶで興奮した人の精気も吸収できるの。夜になるとどこからともなくふわーっと精気が集まってきてすごく便利。風俗だったらこうはいかなかったよね」

うららが気負いなくすらすらと喋るので、つい真面目《まじめ》に聞いてしまう。

「うららは開き直っちゃったけど、わかちゃんはそういうの下手《へた》なの。どうしても普通みたいにしたいんだよ」

わかばはわかばで、普通とはちょっと違うだろう。諒介にとっては充分に強烈な個性の、といってしまえば変人だ。

「あれであの人は普通のつもりなのか」

「諒介くんがわかちゃんの話を聞いて、『淫魔とかばかなこと言って俺をからかってるんだな』って思ったなら、それって充分『普通』をやれてるってことなんじゃない？　だっていま、うららの話は信じたんでしょ」

うららの話だって、決してまるごと信じたわけではない。一応の説明はつくと思っただけだ。仕事はハードだと言うわりにうららがいつも溌剌《はつらつ》と健康的なのも、セックスで消耗するのではなく逆に力を得ているせいだと考えれば納得できる。

ただ、『淫魔』なんていうものの存在を突然提示されて、すぐに肯定できるかというとそれはまたべつの話だ。

「信じたわけじゃないけど」

「うん？」

「否定する材料がないだけだ」

なるほど、とうららが笑う。

「諒介くんは真面目だよね、顔はわりと不良っぽいのに。だからなのかな」

「なにが？」

「淫魔はセックスしなきゃいけないから、相手を誘惑するのは得意なんだよね。思春期くらいになると急に異性――わかちゃんにとっては同性ね、が寄ってくるようになるの。フェロモンってやつなのかな。特に夜になると、自分も興奮しちゃうから、いい匂いを出して近くにいる人を誘っちゃう」

そういえば、わかばは夜になると甘い花の香りがする。諒介は、スンとうららのつむじの匂いを嗅いだ。たしかによく似ていて、けれどわかばより女性的でまろやかな香りがすることにはじめて気付く。いままではシャンプーやボディソープの類だと思って気にしたこともなかった。

「匂いはわかる？」

「たぶん」

「なんともない？」

「なんともって？」

「勃《た》っちゃいそうとか」

べつに、と答えるとうららはほっとしたように笑った。

「やっぱり、諒介くんにはうららたちのチャームが効かないんだね。一緒に寝てもぜんぜん反応しないもんね」

なんとなく話が見えてきた。うららが、店のルールを曲げてまでどうしてもと諒介を指名してわかばの家へ行かせた理由はここにあったのだ。

「そう。だからわかちゃんも、諒介くんとなら眠れるんだと思ったの」

ふにゃふにゃと、うららの語尾が眠たげに溶ける。

淫魔なんてものを信じたわけじゃない。けれど、わかばに対して持っていた、鬱陶しくて面倒くさくて大袈裟な変人、というイメージは少し変わったように思う。

「――わかばは不眠症なのか」

「わかちゃんのことはわかちゃんにきいて。うららはもう眠い」

半分寝言のように呟かれて、渋々言葉を飲み込んだ。

添い寝屋を呼ぶ理由なんて人それぞれだ。わかばはたしかに特殊な客だが、自分はいつもどおりに仕事をすればいいだけだ。深く考えるようなことでも、無遠慮に踏み込んでいいことでもない。

なのにわかばに対する疑問はあとからあとから湧いて、その夜はなかなか寝付くことができなかった。

六限目の授業を終えて校舎の外に出ると、空はもうだいぶ暗くなっていた。風も昼間よりずいぶん冷たく、秋めいてきたのを感じる。大学の正門から校舎まで続く銀杏《いちょう》並木も、黄色く色づきはじめていた。

正門を出ると、パッと短くクラクションが鳴った。姉は免許を持っていないし、他に車に乗るような知り合いもいないのに、音につられてつい目を向けてしまう。

「おかえり諒介！」

「……わかば」

鮮やかなブルーのミニクーパーの窓から、わかばが身を乗り出してこちらに手を振っている。車もわかば自身も輪郭がくっきりと派手で、目立ちかたが半端じゃなかった。立ち尽くす諒介の横を通り過ぎる学生たちが、自然と足をゆるめてチラチラとわかばを見ているのがわかる。

「待ってたんだ」

「なんであんたがここにいるんだ」

「ああそうか、まだ六時前だったな。今日は出先から直帰するって決めてたんだ」

「あんたの退勤時間の話はしてない。どうして俺がここの学生だって――」

はっとして、諒介は言葉半ばで口を噤《つぐ》む。どうしてもなにもない。

「『M大商学部二年生、佐村諒介です』」

わかばがにやにやと笑いながら、諒介のぶっきらぼうな口調を大袈裟に真似る。

そうだ、わかばに乗せられるような恰好《かっこう》で、自分から教えたのだった。

「乗ってくれ、佐村諒介くん。寿司でいいか」

どうやらわかばは諒介を連れて食事に行くつもりらしい。諒介は鞄の中からスマートフォンを取り出して画面に目を落とした。姉からのメールの着信はない。つまりわかばは今日、添い寝屋に依頼をしていないということだった。

「……店を介してもらわないと困る」

「なんだきみは。いっぱしのホスト気取りだな。うららから、きみが俺のことを知りたがっていると聞いたから、こうしてわざわざ来てやったのに」

どこがどうしてそういう話になるのか。昨夜のうららとの会話を思い出す。

わかばにどうして添い寝が必要なのかと訊いた諒介に、うららは、わかばのことはわかばに訊けと言った。その会話がわかばに伝わったのだろう。

パッパパッパッ、とリズミカルにクラクションが繰り返される。抗議じみた音に、ますます道行く学生たちがわかばと諒介に注目する。居心地の悪さに、諒介は仕方なくガードレールを跨《また》いでミニクーパーの助手席にすべり込んだ。

二十分ほどで、前回と同じ寿司屋に着いた。この日も他に客の姿はなく、またカウンターにわかばと並んで座る。

嵐に「ウニかな?」と訊ねられて、「はい」と頷いた。前回最初にウニを頼んだことを覚えていたのだろう。なんだか自分もこの店の常連になったようで気分がよくなる。

「わかばは?」

「いなり寿司が食べたい」

諒介はそこではじめて、わかばの印象が普段と違うことに気付いた。よくよく見て原因を探して、そうか、スーツを着ているんだと思い至る。華奢な身体にぴったり沿うのは、シンプルな濃いグレーのスーツだ。シャツは白で、ネクタイはピンクと紺のストライプ。モデルのように似合いすぎている点に目をつぶれば、今日のわかばは一応社会人に見えた。

「そんなに見つめられると照れるな」

さらりと言う口調には照れなんてひと匙《さじ》もない。指摘された諒介のほうが気まずくて目を逸らす。

「それで、きみは俺のなにを知りたいんだ?」

わかばがカウンターに肘《ひじ》をつき、こちらを向いて小首を傾げる。自分の魅力を充分にわかっているふうの、可憐な仕種だった。淫魔、という単語がぽんと頭によみがえる。それから、相手を誘惑するのは得意なんだよね、と言ううららの声も。

「……あんたの」

諒介は言いよどんで、結局口を閉じた。

わかばのなにが知りたいのか、自分でもよくわからない。知ってどうするんだとも思う。

諒介が黙り込むと、わかばはぱちりと目をまたたいた。それから、ふっと穏やかに苦笑する。

「なら、本当に、本当のことを教えようか」

子供を諭すような声で、わかばがやさしく言った。

「――淫魔なんだ」

「……ソーデスカ」

やっぱりそれが避けて通れない単語かと、諒介は棒読みで頷くしかできなかった。

淫魔なんていうわけがない。だいたい、淫魔がなんなのか、昨日うららの話を聞いたいまも、諒介には理解できていなかった。けれど結局、ここを無理矢理にでも納得しない限り、話は先に進まないのだ。

「反応が悪いな。ならもうひとつすごいことを教えよう。嵐はなんと吸血鬼だ」

「へー……」

さらに危ういワードが出てきて、平坦な声を出すしかない。目の前の嵐を見ると、苦笑しつつも否定はしなかった。

「嵐はこう見えて高齢で、関《せき》ヶ《が》原《はら》の戦いで徳川家康《とくがわいえやす》に寿司を握ったそうだ」

「設定がおかしい」

やっとのことでそれだけ言うと、わかばと嵐が声を揃えて笑う。それでもやっぱり、どちらの口からも「冗談だ」の言葉は出なかった。

淫魔がいるなら吸血鬼もいるだろう。まったく納得いかないが、ふたつを並べられたら、両方飲み込むか両方吐き出すかしかない。それにしたって、片方だって持て余すのに両方なんて荷が重い。

訊かなければよかった。けれど思い返せばもともと質問をしていない。

諒介は、話をあきらめて盛台に乗せられたウニの軍艦を口に入れた。今日もとびきり美味しくて、もやもやした気分が吹き飛ぶ。諒介の表情が明るくなるのを見て、嵐は穏やかに微笑み、わかばはパチパチと怒りを弾けさせた。

「せっかく大事なことを打ち明けたっていうのに、俺と嵐の秘密よりウニか！　ひどい態度だな！」

両手でタンタンとカウンターを叩くわかばは先ほどとは打って変わって子供のようだ。本当に、めまぐるしく喜怒哀楽が入れ替わる。

「ウニに勝ちたい！」

わかばがカウンターの中へ訴えかけると、嵐は呆れたように肩を竦めた。

「なら、彼の質問を待って、それを教えてあげたら？」

そうか、とわかばは盛台に置かれたいなり寿司をひょいと口へ放り込み、咀嚼《そしゃく》しながら「諒介」と微笑んだ。

「なんでも訊いてくれ」

キラキラと期待に満ちた目されて、知りたいことがよくわからないとは答えられなかった。

とりあえずいまは淫魔は脇へ置いておくとして、無難な質問をする。

「……普段、なにしてるんだ」

「だから、サラリーマンだ。これも信じてくれてなかったのか。自慢じゃないが、最近引退した父の跡を継いで社長に就任した」

諒介は、しゃちょう、と呆然《ぼうぜん》と呟いた。人の下で働いているところは想像できないが、人の上に立つようなタイプにはもっと見えない。要は、わかばの印象はひどく自由なのだ。

「社員は三十人程度の小さな貿易会社だけどな。まあそれなりに利益を出して、ちゃんとやっている」

「淫魔の家がやってる貿易会社……」

淫魔、吸血鬼ときたら、次は社員は狼男だのフランケンシュタインだのと言われてももう驚かない。お化け屋敷と貿易会社というのはそんなにちぐはぐでもないような気がするあたり、すでにわかばに毒されているのかもしれない。

「なにを想像しているのかだいたいわかるが、会社はごくごくまっとうだぞ。淫魔なのは母だと言ったろう？　父は真面目な男だ」

「あんたは母親似なのか」

「いま遠回しに俺を不真面目だと言ったか？　まあ、顔は母似だな。性格は、……どうだろう。妹は父に似てるな。あれでいて、冷静で合理的だ。自分に必要なものと、そのためにすべきことがちゃんとわかっている」

わかばが、ふと、遠くを見るような目をする。

「俺は自分のことを、うららのようには割り切れない。だから、……諒介にも迷惑をかけているよな」

急にしゅんとしおれるわかばに、なんと声をかけていいのかわからない。

べつに、とだけ呟くと、わかばがふわりとこちらを向いた。「本当に？」と訊ねる目が、子供のように純粋だ。

「ああ」

「なら、もう少し俺に付き合ってくれるか？」

コップに水を注ぐように、わかばに元気が満ちるのが見えるようだった。真っ白だった頬がほんのりと桜色に染まり、瞳がいきいきとかがやく。

姉からメールがないので今夜は添い寝の依頼もないようだし、急ぎの課題もない。わかばの喜怒哀楽に振り回されるのは疲れるけれど、もう少しくらいなら付き合ってもいいと思った。食事だけさせてもらって相手の要求を聞かないのはフェアじゃない。

「わかった」

諒介が頷くと、わかばは嬉《うれ》しそうに顔をほころばせた。

食事を終え、わかばの車に乗り込む。時刻は夜の八時前だ。時間相応に暗かった窓の外の景色が、徐々にごちゃごちゃと明るくなっていく。「着いたぞ」とわかばが車を停めたのは、繁華街の有名な大型ディスカウントストアだ。黄色と赤の店構えが派手で眩しい。

駐車場に車を入れて、店に入る。狭い通路の両側に、天井近くまで商品を積み上げて陳列する独特のスタイルには圧迫感しか感じない。けれど前を歩くわかばはご機嫌で、ぴょこぴょこと弾むような足取りだ。

安っぽいコスプレ衣装や見たこともない菓子類など、とにかくいろんなものがある。商品に埋もれるようにひっそりと設置されていたエレベーターに乗ると、わかばは最上階のボタンを押した。

「なにかほしいものがあるのか」

「いや、べつに」

エレベーターを降りて、ゆっくりとフロアを一周する。

「ただ、来るのが好きなんだ。落ち着く」

諒介の感覚では、この店は『落ち着く』という言葉からはもっとも遠い部類に入る。陽気な曲が絶えず流れていて、とにかく猥雑《わいざつ》なイメージだ。便利なのはわかるが、わざわざ来たい場所ではない。

「眠れない夜に、たまに来るんだ。深夜でも、昼間と同じように人がいて、活気があって明るくて、ほっとする」

わかばの言葉に、うんざりとこぼしかけていたため息を飲み込んだ。

眠れない。やっぱりそうなのか。

諒介が立ち止まると、わかばも足を止め振り返る。

「どうした？　ほしいものがあるなら買ってやろう」

「眠れないのか」

真正面から訊ねると、わかばは気まずげに目を逸らした。

「きみのまえではばかみたいに寝ているから信憑性《しんぴょうせい》がないな」

疑っているわけでも責めているわけでもなくて、諒介は慌てて「違う」と言った。

「不思議だったんだ。うららを経由して、女性専用の添い寝屋を呼ぶような、どんな理由があんたにあるのか」

「……きみは普段」

そこまで言ったわかばの身体が、隣を通った大柄な外国人にドンと弾かれる。よろけて棚にぶつかりそうになるのを、諒介は引き寄せて腕の中へ庇《かば》った。はっとわかばが目を瞠る。明るいような薄暗いような、妙に安っぽい照明の下で、わかばの目は夕方よりも澄んできれいだった。

「なに？」

言葉の続きを促すと、わかばは諒介の胸に手をついて体勢を立て直し、また狭い通路を歩き出した。階段をおりて、ひとつ下の階を見て回る。目的はなく、本当にただこうしているのが好きらしい。

「きみは普段も、そういうことを訊くのか？」

さらに下の階へおりたところで、ようやくわかばが口を開いた。

「そういうこと？」

「どういう理由で添い寝屋を呼ぶのかなんて」

いや、と諒介は首を振った。

「普段は訊かない」

「だったらどうして」

また、わかばのテンションが少し下がったように見えた。なにかおかしなことを言っただろうかと考えて気付く。依頼主のプライベートに関する質問をしない。それは亜由美が決めた添い寝屋の鉄則だ。自分が無意識にそこへ踏み込んでいたことに思い至って、諒介は前を行くわかばの背中に謝った。

「悪かった」

「え？」

わかばが立ち止まって振り返る。

「余計なことを訊いて悪かった」

ぱちりとわかばは目をまたたいて、まじまじと諒介を見た。左右対称の、西洋人形のような顔だ。顎が小さい。口もだ。だから、目の大きさが際立って見えるのだろうか。

「余計なこと」

わかばが諒介の言葉を繰り返す。

そうされると、自分が、わかばのプライベートが自分にとって余計だという意味の、ずいぶんと失礼なことを言ったのだと思わされた。「そういう意味じゃない」と諒介が訂正を試みると、わかばは「いや、いいんだ」と言って急に笑い出した。

「わかば？」

「本当にいいんだ。謝るのはこっちのほうだ。きみには効かないってわかってるんだ。だけど、夜になって、目の前の相手が自分に興味を示すと、どうしても警戒してしまうんだな」

きみには効かない。相手が自分に興味を示すと警戒してしまう。

わかばの言葉の意味が、諒介にはまったく理解できなかった。

それでも、いましがた反省したばかりで「それはどういう意味だ」とは訊ねられなかった。相手の言っていることがわからなくても「そうか」と頷いておけばいい。いつもそうしている。受け流すのは得意なほうだ。なのにわかばの言葉をうまく流せなくて、諒介は自然と不味《まず》いものを食《は》んだような顔になった。

するとわかばが「ふふ」とますます楽しそうに笑った。

「考えてみればそもそも、きみの知りたいことに答えると言って拉致《らち》してきたんだった。俺がおかしなことを言ったな、忘れてくれ」

言われてみればそうだ。けれど諒介だって、わかばにいやな思いをさせてまで聞きたいことがあるわけじゃない。

「べつに、あんたがいやなら訊かない」

「いやじゃない。きみに下心がないならいいんだ」

「下心？」

眉をひそめると、わかばはスイッとすべるようにして諒介との距離を詰めた。背伸びをしたわかばが、吐息がかかるくらいの距離でささやく。

「――俺と、セックスしたいか？」

「………」

諒介はわかばの顔をてのひらで無造作に押し返した。いくら小声とはいえ、男が男を相手に、明るい店の中で言う台詞じゃない。

「ぜんぜん」

うんざりと返すと、わかばは嬉しそうに目をきらきらさせた。

「添い寝屋というより、俺が呼んだのはきみだな」

わかばが唐突に話しはじめたのは、諒介が訊ねた添い寝屋を呼んだ理由のようだった。

「……俺は、したくないんだ」

くる、とわかばがまた前を向いて歩き出したので、表情は見えなかった。

「したくないって」

「セックス。しないと弱るばかりで、夜は興奮が治まらないから眠れなくて、それでも、したくない」

相槌の打ちようもなくて、諒介はわかばの背中を見つめた。ほっそりと華奢だ。うららが、セックスは食事と同じと言っていたことを思い出す。それをしないでいるということは、つまり絶食しているのと変わらない。

「いい加減、誰でもいいから抱くか抱かれるかしないと駄目だと思っていたんだ。そんなときに、うららから諒介のことを聞いた。チャームが効かないから、いつも普通に添い寝をしてくれるって」

一階に着き、結局なにも買わずに店から出る。わかばが足を向けたのは駐車場とは逆の方向だったが、諒介は黙ってついていった。

「人肌を感じているだけでも気休め程度には眠れる。だからきみを呼んだ。正直、その場しのぎのつもりだったから、あんなによく眠れるとは思わなかったな。とても助かっている。ありがとう」

「……だったら」

「ん？」

「だったらあんなふうに拘束しなければ、もっとちゃんと眠れるんじゃないのか」

なんとなくそう言うと、わかばは穏やかに苦笑した。

「きみはやさしいんだな。……言ったろう、ああしていないと、淫魔の本性が出てきみを襲う危険があるんだ」

つまり、わかばが繰り返し言っていた、悪しきモノが出て行かないようにとか、闇が暴れ出して害をなすとかいうのも、妄言や冗談ではなかったということだ。表現が大袈裟なだけで、わかばにとっては、本当にそういう意味を持つのだろう。

ちょっと痛ましいような気分になって、自分がすっかりわかばの話を信じる気になっていることに気付く。

淫魔なんて本当にいるんだろうか。わかばの話はまるごと信じるに値するのか。

嘘をついているようには見えなかった。だいたいこんな話で諒介を騙《だま》すメリットがわかばにあるとも思えない。けれど、彼がなにを考えているのか、どんな人物なのかがわかるほど、諒介はわかばのことを知らない。当たり前だ、まだ三回しか会っていないし、そのほとんどの時間は寝ていたのだ。

ふいにわかばが立ち止まり、「遊ぶぞ」と諒介を振り返る。左手を見ると、バッティングセンターだ。遊ぶというからには、ここで球を打つのだろう。わかばの腕時計を盗み見ると、時間は夜の十時近い。

「本気か」

「なんだ、いやか。きみはこういうの好きそうだけど」

「野球はやったことないし、第一もう眠いから帰りたい」

「健全な子だな。たまにはいいじゃないか、付き合え」

諒介が渋るのが嬉しいのか、わかばは上機嫌で諒介の手を引いた。なぜ邪険にされて喜ぶのかがわからない。やはり特殊な性癖なのだろうか。

間近に迫ったわかばから、ふわっと甘い香りが漂う。

——夜になると興奮して、いい匂いで人間を誘惑する。

淫魔の話が本当なら、これがうららの言っていた、人間を誘うチャームというやつなのだろう。たしかにいい匂いだとは思うけれど、それで興奮するかというとそうではなかった。そもそも、匂いで興奮するという感覚がよくわからない。それはそういう性癖を持った者に限った話ではないのか。

「諒介？」

じっと見下ろす諒介に、わかばが心配そうに小首を傾げた。

「なんでもない。……少しだけなら付き合う」

やった、とわかばが無邪気に笑う。

バットを借りて、わかばが先にボックスに入った。脱いだスーツの上着を引き取ってやり、諒介はうしろから眺める。

気合い充分にバットを振り回したわかばだが、球が飛んでくると腰が引けるし、完全に振り遅れている。球が背後のクッションに到着してからバットを振っているんじゃないかと思うくらいだ。

「……あんた、びっくりするほど下手だな」

二十球をすべて空振りで終えたわかばに、思わずそう声をかけた。わかばはむっと頬を膨らませて「交代だ」とマシンに三百円を入れると諒介にバットを押し付ける。

とはいえ、諒介も野球の経験はない。体育の授業と球技大会でやったことがあるくらいだ。

一球目は案の定空振りで、わかばに「よ、へたくそ」と野次られる。

「黙ってろ」

諒介もむっとして、集中してバットを構えなおした。二球目は掠《かす》ったが前へは飛ばなかった。三球目がやっと前へ転がる。

だんだんタイミングがわかってきて、飛んでくる球を打ち返せるようになる。金属バットがキン、と音を立てるのが気持ちいい。最後の二十球目はホームランになり、チープなネオンがまたたいた。

ボックスを出ると、興奮気味のわかばが両手を上げて出迎えた。高く上げられた両手に、自分の両手をパチンと合わせる。

ハイタッチなんて久し振りだ。昔は自然に交わしていたことなのに、照れくさいような気分になる。

「野球はやったことないなんて嘘ばっかりじゃないか」

「嘘じゃない」

「だったら、なにか他のスポーツをしていたんだな？」

それは正解だった。頷くと、「なにを？」と重ねて訊ねられる。諒介の頭の隅に、ちらりと高校時代がよみがえった。

「サッカー」

「へえ。ポジションは？」

「ＭＦ《ミッドフィルダー》。あんたサッカーわかるのか」

「ぜんぜん。大学でもサッカー部なのか？」

「もう辞めた」

「どうして」

諒介はバットをわかばに返して、自動販売機でミネラルウォーターを買った。同じものをもう一本買ってわかばに差し出す。

「ありがとう」

「もう素振りはいいのか」

「うん。よく振った」

なら帰る、と諒介が出口に向かうと、わかばもスーツをはおりながらついてきた。質問を無視したことには当然気付いているだろうが、しつこく訊きなおしてこないことに安堵する。

サッカーは高校の半ばで辞めた。そのときのことは、思い出すとまだ強烈な苦味が胸に込み上げる。苛立《いらだ》ちと怒り、後悔が少し、あとはとにかくひたすらの不快感だ。当時のことは、わかばに限らず、誰にも話したくない。

駐車場に戻り、車に乗り込む。わかばが家まで送ってくれると言うので、促されるままにカーナビに自宅の住所を打ち込んだ。

「きみは本当に素直ないい子だな。俺に個人情報がダダ漏《も》れだぞ」

呆れたような声でわかばが言った。

「少し危機感というものを持ったほうがいい」

「それをあんたが言うのか」

諒介の切り返しに、ははは、とわかばが屈託なく笑った。

対向車のライトに照らされて、わかばの顔がちかちかと暗がりに浮かび上がる。すっと通った鼻筋と、はっきりとした輪郭、細い首筋。正面より横顔のほうが、少女めいて幼い印象で、ステアリングを握っている姿と噛み合わないのが目を引き付けた。けれど運転は丁寧で手慣れている。

揺れの少ないなめらかな運転にだんだんと眠くなる。はっと気付いたときには、自宅のすぐそばだった。

「起きたか。この近くだろう？」

「悪い、寝てた」

目を擦《こす》りながら謝ると、わかばは「どうして」と歌うように楽しげに言った。

「普通の人間だったら、こんな暗い密室に俺とふたりきりで眠れるわけがない。きみがすやすやと寝てくれて、俺は嬉しかった」

マンションの前で車を停めてもらう。諒介が車から降りると、わかばは窓を開けて運転席から顔を出した。

「今日はありがとう、楽しかった」

「俺も、ごちそうさまでした」

うん、とわかばは笑って、じっと諒介を見た。

街灯の少ない夜の道に、わかばの白い肌だけがつやめいて浮かぶ。男への形容としては不似合いだが、美人、という言葉が一番当てはまる。

「……そうか、俺は、友だちがほしかったんだな」

はにかむ微笑みで、諒介を見つめたままわかばが言う。

「トモダチ」

「俺はこんなだから、中学以降は普通の友だちというのができなかったんだ。そうだ、友だちがほしい。諒介、俺と友だちになってくれるか」

友だちになってくれるかと、面と向かって言われる機会はそうそうない。諒介も決して友人は多いほうじゃないが、友だちというのは、気付いたらなっているものなのではないのかと思う。

なのに、気付いたら「わかった」と頷いていた。

わかばがぱっと明るい笑顔になる。彼より八つも年下で、自分はどこにでもいるただの男子大学生だ。淫魔のチャームが効かないというのがわかばたちにとっては特別なのかもしれないが、諒介が努力で身につけたものではないし、実感もない。

だから、たかだか友だちになったというくらいでこんなに嬉しそうにされるのは、おさまりが悪かった。だけど、悪い気はしない。

「じゃあまた遊ぼう」

「ああ」

ぶんぶんと手を振るわかばにぎこちなく手を振り返して別れる。家に帰ると、まだ起きてパソコンに向かっていた姉が諒介の顔を見て「珍しくご機嫌なのね」と言った。自分ではわからなくて思わずてのひらで頬を撫でる。

べつに、友だちができて嬉しいわけじゃない。けれどふわふわと胸がうわついて、わかばがいつもそうであるような、賑《にぎ》やかな華やかさが胸にあることは間違いなかった。


それからは、週に一度か二度のペースでわかばが大学に迎えに来るようになった。諒介は特に行きたいところもなかったので、大抵わかばが望む場所に行く。

映画や水族館、買い物あたりは文句なくついていくが、遊園地やケーキバイキングは若干周りの目が気になった。ただそれも、注目されることを何度か繰り返せば慣れてしまう。だいたい、わかばの華やかな顔立ちと大袈裟な挙動はどこへ行っても目立つ。およそ周囲に溶け込んで馴染《なじ》むということはない。それならどこにいても大差ない。

わかばはいつも予告なく大学にあらわれる。だから最近諒介は、行き違いにならないようにわかばのやってくる六時過ぎ頃まで図書室などで時間を潰すようになった。もともと本は好きだし苦にはならない。

もちろん、諒介の予定によってはせっかく迎えに来てくれたわかばの誘いを断ることもあった。添い寝の仕事が入っている場合は、あてもなくドライブをして、指定の時間に依頼主の家のそばで車を降ろしてもらうこともある。

一度は、朝から雨が降っていた日に迎えに来られ、そのときは大きな理由もなく誘いを断った。いつものごとく膝が痛かったのもあるが、雨の日は憂鬱なのだ。いやなことばかりを思い出す。

どうして、と訊ねられて諒介が「雨だから」と不機嫌を隠さずに答えると、わかばは一瞬眉をひそめた。けれど諒介の表情をじっと見つめて、なにかを察したのか「わかった」と頷いてまっすぐ家まで送ってくれた。いつもはよく喋るわかばが、その日だけはほとんど話しかけてこなかった。その日の、雨が車を叩く音とワイパーの音を、不思議と諒介はよく覚えている。

そうしたいろいろなことが重なって、わかばと連絡先を交換したのが先週のことだった。

話好きなわかばのことだから、用もないのに頻繁に電話をかけてくるかもしれないと思ったが、意外にもまだ一度も着信を受けたことはない。

だから、亜由美からの、わかばから指名が入った旨《むね》のメールを見た直後に、当の本人から電話がかかってきたときには驚いたし、画面に表示される名前を慎重に確認した。

「もしもし」

『諒介？　わかばだ』

「ああ」

『今日、きみに来てもらう予定なんだけど、仕事の予定が少し遅れていて』

わかばから仕事という言葉が出ることが珍しかった。本当に働いていたのだなと、失礼なことを思う。

『十六時に来社予定の客が一向に来ないんだ。部下に任せて帰ってしまってもいいんだが、もう少し待ってみるつもりでいる』

「俺のことなら気にしなくていい。どこかで時間を潰しているから」

わかばとよく会うようになってからひと月ほどだが、添い寝屋としての指名も変わらず受けている。諒介としてはもう、仕事でなく泊まってもいいと思っているが、わかばが妙に律儀で、諒介と寝たいときにはかならず店に依頼をしていた。

わかばからの依頼があるのは、翌日を気にせず眠れる金曜の夜が多い。今日も金曜日だった。

『すまない、ありがとう』

電話の向こうのわかばが明るい声になる。

『そうだ諒介、買い物をしておいてくれないか』

「買い物？」

『おととい、たこ焼き機を買ったんだ。でも遊びかたがわからなくて』

「……たこ焼き機はオモチャじゃない」

『材料を買っておいてくれ。今夜はたこパだ』

「たこぱ」

『たこ焼きパーティのことを若い子はそう言うんだろう？』

そこでわかばの声が遠くなる。「いま行く」と聞こえたので、件《くだん》の客が来たのだろう。

『やっと来た。それじゃあよろしく頼む。領収書ちゃんともらうんだぞ』

諒介の返事を待たずに通話が切れる。

疑っていたわけではないが、一応ちゃんと、貿易会社の社長とやらをしているらしい。

わかばが諒介を迎えに来るときは大抵六時前後で、はやいときには「今日は直帰だから」と四時過ぎにあらわれることもある。以前には一度、いつの間に紛れ込んだのか、諒介の受けていた授業を後方の席で聞いていたこともあったくらいだ。

だからわかばにはだいぶ自由なイメージがあった。

そうか、社会人なんだなと思うと、いままであまり意識したことのなかったわかばとの年の差が、妙にはっきりと感じられた。電話で話すのがはじめてだったせいもあるかもしれない。いつもくるくる変わる子供っぽい表情が見えないうえに、声も肉声より落ち着いて聞こえた。

八歳年上の二十七歳。そういえば、姉が恵太を産んだのもちょうど二十七のときだった。そう考えると、わかばは諒介よりずっとおとなだ。仕事があって、おそらくそれなりの収入がある。まったく想像もつかないが、いつ家族を持ってもおかしくない。そう考えると不思議だった。

わかばのマンションの近くのスーパーで買い物をする。高級住宅街らしいいわゆる高級店で、諒介の家の近くのスーパーとは店構えからして違う。店内も、流れる音楽がなんだか小洒落《こじゃれ》ていた。見たこともない野菜や缶詰、輸入菓子も多いし、なにより物価が高くて驚く。

たこ焼きなんて諒介も作ったことはなかった。スマートフォンで、たこ焼きの作りかたを調べて材料を買う。たこ焼き粉、タコ、卵、天かす、紅しょうが。わかばの部屋の冷蔵庫の中身のなさを思い出して、ソースや青海苔《あおのり》も買った。

そういえば、冷蔵庫にはビールが入っていたが、わかばがアルコールを飲んでいるところを見たことがないなと思う。いつも車で移動をするせいもあるだろうが、自分に気を遣って我慢させているなら申し訳ない。ついでに、飲料のコーナーで、炭酸飲料とビールを買い物カゴに入れた。

会計をして外に出ると、またわかばからの着信がある。もうすぐ家に着くと言うので、どこかに寄るのはやめて諒介もまっすぐわかばのマンションを目指した。先に着いたのは諒介で、部屋の前でしばし待機する。

人を待つのは嫌いじゃない。スマートフォンをいじっていれば時間はいくらでも潰せる。買い物袋を片手に、もう片手でスマートフォンを操作する。なんとなく、カメラのアルバムデータを開いて眺めた。

甥の恵太の写真が圧倒的に多いが、最近はわかばの写真がちらほら混ざり出した。写真をスクロールさせながら、思わずふっと声を出して笑ってしまった。先週ボーリングに行ったときの写真だ。

わかばは、ボーリングは十年振り三回目だと高校野球の出場回数のような数えかたで言い、びっくりするようなへっぴり腰でボールを投げた。ゴテ、ゴロゴロ、と球はのろのろ進み、左の溝へ落ちた。一ゲームを終了して、わかばのスコアは十七だ。逆にいっそすごい。写真は、ふたり分のスコアを撮ったものだった。

ガーターを連発して、それでもわかばは楽しそうだった。一本倒れただけでも、ストライクを取ったように諒介にハイタッチを求めてきた。

とびきりきれいな顔をして、澄ましていれば冷たい印象にもなるのに、わかばは基本、元気で無邪気だ。その華やかさを、はじめのうち諒介は鬱陶しいとしか思えなかったが、最近はたまに、ほろりとこぼれるように「可愛《かわい》い」と思うことがある。

「諒介！　ただいま！」

エレベーターの扉が開いて、わかばが帰ってくる。「おかえり」と諒介が返すと、わかばは照れるような、嬉しがるような、はにかんだ笑顔を見せた。諒介がわかばを可愛いと思うのは、まさにこういうときだ。

「待たせてしまったな、悪い」

「いや、平気」

部屋に入ると、わかばが早速たこ焼き機を出してきた。並んでキッチンに立って、たこ焼き粉のパッケージの説明どおりに生地を作る。

「粉は俺が混ぜたい」

わかばがそう言うので、任せて諒介はタコを切ることにする。包丁を使っているとわかばが「それもやりたい」と菜箸を置いた。諒介がしていることをなんでもやりたがるのは恵太と同じで呆れる。

「うちの甥っ子にそっくりだ」

ため息をつきながら包丁を渡して、代わりにわかばが投げ出した菜箸を手にした。

「諒介はオジサンなのか。上にきょうだいがいるんだな」

「姉だ」

「お姉さんの子はいくつになる？」

「もうすぐ三歳」

「可愛いか」

「ああ」

材料の準備はすぐに終わった。

広いリビングには、ベッドにもなりそうなL字型の大きなソファと、ガラスのローテーブルがある。テーブルの上にたこ焼き機を置いて、生地を流し込む。具材を入れたところで、たこ焼きを転がすためのクシがないことに気付いた。仕方なく、箸で代用してなんとか転がす。

「甥っ子くんとはよく遊ぶのか」

バッティングもボーリングも冗談のように下手だったわかばだが、意外にも太い箸で器用にたこ焼きを丸くしていった。

「一緒に住んでるし、それなりに」

「実家にお姉さん夫婦が同居してるってことか？」

「いや、姉と甥と三人」

「きみのご両親はどこに住んでいるんだ？」

どこと問われると返事に困る。「天国？」と諒介が答えると、わかばがはっと手をとめた。

「すまない」

べつに、と諒介は首を振った。他人の家族構成なんて予測できることではないし、知られて困ることでも傷つくことでもない。

ちなみに、と諒介は手をとめたわかばの代わりにたこ焼きを回転させた。

「『眠り姫の夢』は姉の店だ」

わかばが俯いていた顔を上げる。

「そうか。それですっきりした。きみみたいな子が添い寝屋なんて妙だと思っていたんだ。お姉さんのお店を手伝っていたんだな」

家族の話題に触れたことを諒介が気にしていないと察したのか、わかばが安堵を混ぜて微笑んだ。いつもどおりわかばが笑ったことに、諒介もほっとする。物憂げな俯き顔もさまになるが、わかばは笑っているほうがよかった。

「甥っ子くんは、きみに似てる？」

「姉は俺に似てると言うけど、俺は父に似てると思う」

いいなあ、とわかばが声を弾ませた。

「会ってみたいな。子供は好きなんだ。身近にいないからあまり接する機会はないけど」

わかばの頬がうっすらと桃色に染まるので、会話の流れとして適当なことを言っているのではないのがわかる。本当に子供が好きなのだろう。

「それなら今度連れてこようか」

「え？」

「……いや、連れてくるのは無理か」

三歳の子を連れて添い寝に来るわけにはいかない。ものの分別はまだついていないだろうが、自分と、手錠で拘束されたわかばのあいだに恵太を寝かせるのは躊躇《ためら》われた。恵太は夜泣きや癇癪《かんしゃく》もほとんどなく穏やかな子だけれど、夜中になにかあったらと思うとそれも心配だ。

「だったら、休みの日にどこかへ出かけないか！」

わかばが名案を思いついたとばかりにパンと手を叩く。

「車を出すから、少し遠くても、どこか甥っ子くんの好きそうな場所に行こう。どうだ？」

いいな、と諒介は頷いた。恵太が最近、動物の図鑑を熱心に眺めているのを思い出す。するとわかばが「俺は動物園に行きたいな」と言うので笑ってしまった。

「……なんで笑うんだ」

「いや、俺も動物園がいいと思った」

「じゃあ決まりだな。主賓の予定を訊いておいてくれ」

たこ焼きができあがり、ふたりで食べはじめる。わかばは諒介が買ってきたビールを豪快に飲んだ。普段はあまり飲まないようで、缶を一本飲み終わるころには眠たげに目をとろとろさせはじめる。グラスを持ったまま、ゆらゆらと頭が揺れるのが危なっかしい。

たこ焼き以外には、もともと冷蔵庫に入っていたちくわしか食べるものがなく、夕飯はすぐに終わってしまった。諒介は、そのまま眠ってしまいそうなわかばを洗面所に追い立て、歯を磨かせた。これでは本当に、恵太の世話をしているのと変わらない。

二階のベッドにわかばを寝かしつけて、諒介はリビングへ戻った。皿やグラスを片付けて、風呂を借りる。諒介が寝室に行くと、わかばはすうすうと軽い寝息を立てていた。ベッドサイドにはいつもの手錠があるが、そのままわかばの隣に横になる。抱き寄せると、わかばは甘えるように諒介に身体を擦り寄せ、それから唐突に目を覚ました。がばりと起き上がる勢いで、ふたりの額がガツンとぶつかり、諒介の目の前にチカチカと星が飛ぶ。

「……わかば」

ジンジンと痛む額を押さえて諒介も身を起こした。文句を言ってやろうと目を向けたが、わかばが真っ青な顔をしているので言葉を飲み込んだ。

「手錠」

わかばが、浅い呼吸の下からやっとのことで一言を押し出した。

いままでわかばと一緒に寝て、なにか変なことが起こったことは一度もない。わかばも諒介も、毎回寝すぎるくらいによく寝る。たとえば夜中に暴れるとか、のしかかってくるとか、そういうことがあれば諒介だって警戒するが、そういう危険は一度も感じたことがなかった。

「手錠、かならずしてくれ」

「だけど、」

「約束してほしい。俺が先に寝ても、高熱を出していても大怪我《おおけが》をしていても、一緒に寝てくれるならかならず拘束してくれ」

細い顎をきゅっと引いて、わかばがはじめて聞く厳しい口調でそう言った。はっきりとした言葉と態度に、わかばは絶対にこの部分だけは譲らないのだと理解する。

「わかった、悪かった」

頷く以外になくて、いつものようにわかばを後ろ手に拘束した。

添い寝の仕事にも、わかばの人柄にも慣れた。自分にはなかなか順応力があるほうだと思う。けれど、こうしてわかばを拘束することはどうしても慣れない。かわいそうだと思う気持ちはむしろ増すいっぽうだ。

なにか他に方法はないのかと考えていたが、抱き寄せたわかばの甘い匂いを嗅いでいるうちに、いつしか深く寝入ってしまっていた。


翌朝、わかばのマンションから帰る途中の道で、「諒介くん」と呼び止められた。

すれ違いかけたのは、ジーンズにTシャツ、黒のロングカーディガンを着た男だ。見覚えがなくて、立ち止まったものの、どうしたらいいのかわからない。

「僕だよ」

にこにこと男が寿司を握るジェスチャーをする。それでようやく、隠寿司の板前と顔が重なった。よく見れば、しゅっと整った狐顔は明らかに嵐のものだ。

「すみません。いつもの作務衣のイメージが強くて」

「いいよ。外に出るときはわざと気配を消しているんだ。自分の姿がはっきりひとの記憶に残らないように、ちょっとしたフィルターのようなものをかけている。気付かなくて当たり前だよ」

諒介は無言で眉根を寄せた。

わざと気配を消す。ちょっとしたフィルターをかける。

それは一般的な人間が日常生活ですることだろうか。少なくとも、普通の会話で出てくる言葉ではない。そこまで考えて思い出す。

——ならもうひとつすごいことを教えよう。嵐はなんと吸血鬼だ。

わかばがそう言ったのを、嵐は否定しなかった。

「……本当に吸血鬼なんですか」

「本当だよ。信じられない？」

はいともいいえとも答えられなかった。

「わかばも、本当に淫魔なんですか」

淫魔や吸血鬼なんて本当に存在するのだろうか。普通に考えたらとても信じられるような話じゃない。だけど、出会ってからずっと、わかばが自分に嘘をつき続けているとも思いたくなかった。

自分は、わかばの話を信じたいのだろうか。

「……少し、店に寄っていかない？　お茶を出すよ」

「え？　いや、」

「いいからいいから」

嵐は諒介に背を向けてさっさと歩き出した。ついてくるのを疑わない足なので、つられるようにして追ってしまう。

隠寿司に着くと、嵐が熱いほうじ茶をいれてくれた。ひと口飲むと、まだ目のあたりを煙のようにふわふわと漂っていた眠気が拭《ぬぐ》い去られて頭がすっきりする。

「うん、消えたみたいだね」

「なにがですか？」

「わかばのチャーム。なんかまだ、この辺に残ってたから」

とんぼの目を回させるように、目の前で指をくるくるとされ、眉をひそめた。

「そんなのが見えるんですか」

「うん。わかばのは、桃色で綿菓子みたいにふわふわしてる。でも、諒介くんには効かないんだってね」

自分ではよくわからないので、「そうらしいです」と答えるしかない。

「わかばが喜んでいたよ。友人ができたって」

それには、曖昧《あいまい》に首をひねった。

わかばは明るくて人懐っこい、いわゆる社交的な性格の持ち主だ。淫魔だというけれど、日常生活に支障をきたすような異常性をいまのところ諒介は見たことがない。淫魔であることが原因で友だちができないということはないんじゃないかと思うのだ。

諒介が考えながらそう話すと、嵐は湯飲みに二杯目のお茶を注ぎながら、「そうだね」とはんなり苦笑いをした。

「わかばは、友人ができないんじゃない。――作らないんだ」

作らない、と諒介はぼんやり繰り返した。

「わかばは一応お坊《ぼっ》ちゃんだから、小学校から私立の名門に通っていてね、そこにひとり、幼馴染みで親友という男の子がいたんだそうだよ」

嵐はカウンターの中でなめらかに立ち回りながら、淡々と話しはじめた。開店のための仕込みをはじめているらしい。

「だけど、中学生になってわかばがチャームに目覚めたことで、変わってしまった」

「……なにがですか」

「わかばはあのとおりとびきりきれいだし、人間の性欲を煽《あお》るチャームを持っている。いっぽうもうひとりは、どこにでもいる思春期の男の子だ。一緒にしておけばどうなるかなんて自明だよね。肉体関係を持ってしまったんだ。実際そのとき、わかばとその彼のあいだにどんな流れがあったのかはわからないけど、わかばは自分が誘ったんだと思ってる。自分が淫魔のチャームで親友をおかしくしたんだって」

嵐の手元で、だし巻き卵が焼かれていくのを、諒介は黙って見つめた。

「わかばにとっても、彼にとっても、それがはじめてのセックスだったそうだよ。それで結局、彼と友だちには戻れなかった。だけど、恋人にだってなれなかった。つまりわかばは淫魔であるせいで、親友を失った。それがわかばの、最後の友だちだ」

——俺はこんなだから、中学以降友だちができなかった。

——そうか、俺は、友だちがほしかったんだな。

わかばが言っていたのはこのことだったのだとわかる。

「わかばのこと、よく知ってるんですね」

なにか言おうとして、諒介の口から出たのはそんな一言だった。

「僕がわかばと知り合ったのはちょうどそのころだったからね。会ったときにおたがいの正体はわかったから、僕には話しやすかったんじゃないかな。いくら淫魔の家系とはいってもこんなこと、家族にだって相談しづらかっただろうから」

そうしてそのときからいままで十年以上、嵐はわかばの相談相手だったのだろう。

「そいつが最後の友だちって言うけど、嵐さんだってわかばの友だちじゃないんですか」

「僕は違うよ」

ひやりとするほどはっきりとした声で否定され、諒介は眉をひそめた。

「吸血鬼は長命なんだ。僕はこの姿で成長と老化が止まってもう百年になる」

「……この道四百年で、関ヶ原の戦いで家康に寿司を握ったっていうのは」

「あれはわかばが大袈裟なんだ」

「…………」

だからわかばの言葉を簡単にまるごとは信じられないのだ。ため息をつくと、嵐がふっと笑った。

「だから僕は、ずっとわかばとは一緒にいてあげられない。それはわかばもわかってる。だから店には来るけどプライベートで一緒に出かけたことはないんだ。今後もそういうことはしないと思う。時機が来たら僕は、誰にもなにも告げずにここを去るよ」

「冷たいんですね」

思った以上に棘《とげ》のある声が出て、諒介は自分でも驚いて口を噤んだ。

わかばと嵐のあいだには十年以上かけて築いた信頼があって、その距離感ひとつとっても、ふたりが納得したうえでのことだろう。知り合ったばかりの諒介の口出しなんて、見当違いでしかない。

そう思うのに、それでもいつか、ここから嵐がいなくなって、わかばが突然ひとりぼっちになることを想像したら軋《きし》むように胸が痛んだ。そんなのはあまりにかわいそうだ。

「そう思うなら、きみは仲良くしてあげて？」

嵐に宥《なだ》めるように微笑まれ、諒介は気まずく目を伏せる。

自分だって、わかばになにをしてやれるわけでもなかった。べつに、力になりたいとか、そばにいてやりたいと思うほどの、積極的な気持ちを持っているわけじゃない。偶然と、成り行きと、わかばの晴れやかな強引さに巻き込まれているだけだ。

「いいんじゃないかな、それで」

嵐はまるで諒介の心を読んだようなタイミングで頷いた。

「なにも特別じゃなく、きみの許容の範囲内でわかばに付き合ってあげてほしいな。わかばはたぶん、それが一番嬉しいんだと思うよ」

本当にそんなことでいいんですか、と問おうとして、やめた。わかばが本心から望んでいることが他にあるとしても、自分がそれをわかばに与えてやれるとは限らない。

きっと嵐の言うとおりなのだ。いま諒介ができることは、わかばに、普通の友人として接すること。予定が合えば一緒に遊んだり食事をして、都合が悪ければまた今度と断る。それだけだ。

あらためてそう意識すると、それは本当に、あえてするようなことではない単純なことだった。それをわかばが喜ぶのだと思うと、なんとなく、胸がチクリと小骨を食んだように痛くなった。


嵐《あらし》と話をしたから、というわけではないけれど、次の週末には、はじめて諒介《りょうすけ》のほうからわかばを誘って出かけた。恵太《けいた》を連れて動物園に行く約束をしていたのを思い出したのだ。

当日、わかばはいつものミニクーパーではなく、シルバーのプリウスで迎えにやってきた。ナンバープレートを見るとレンタカーだ。

「チャイルドシートを買おうと思ったんだがよくわからなくて、車と一緒にレンタルにした。子連れでエコカーってなんかいいと思わないか」

諒介のほうは、車に恵太を乗せる習慣がなかったので、チャイルドシートが必要だということすら失念していた。「ありがとう」と言うと、わかばは照れくさそうに微笑《ほほえ》んだ。

「きみが恵太くんか。はじめまして」

わかばはそれから、諒介と手を繋《つな》いだ恵太の目の高さにしゃがんだ。恵太は恥ずかしがって一度諒介の足のうしろに隠れたが、わかばが追って覗《のぞ》き込むと、もじもじしながら顔を出した。

「恵太、わかばさんだ」

名前を教えると、恵太が「りょーちゃんのおともだち?」と見上げてくる。「そうだ」と頷くと、わかばがふふっと嬉《うれ》しそうに笑った。

「りょうちゃんって呼ばれてるんだな。なら、俺はわかちゃんかな」

「わかちゃん?」

「そうだ、きみはお利口さんだな」

おいで、とわかばが手を広げると、恵太は素直に両手を伸ばした。

「よいしょ! ——ん、重いな⁉」

勢いで恵太を抱き上げたわかばがぐらりと傾《かし》ぐ。諒介はぎょっとして、わかばの華奢《きゃしゃ》な身体を抱きとめて支えた。こちらは寿命が縮む思いを味わったが、わかばは楽しそうに「ははは」と声を上げて笑う。恵太も楽しかったのだろう、楽しげに甲高い声を上げた。

そうだった、わかばと恵太は似ている。つまりいま、諒介の前には三歳児がふたりいるようなものだった。そう気付くと、一日の先が思いやられる。

けれど、わかばと恵太に揃《そろ》って笑顔で見上げられ、自然と頬《ほお》がゆるんだ。

諒介と恵太が後部シートに座り、わかばがステアリングを握る。

十一月に入ったばかりで、少し肌寒《はだざむ》いが天気はいい。週末だけあって、都下の動物公園は家族連れやカップルで賑《にぎ》わっていた。

園内マップの看板の前で立ち止まる。恵太を抱いた諒介の隣で、わかばがそわそわと揺れながらこちらを見上げた。

「俺はゾウが見たい！　恵太はなにが見たい？」

「ぼくはキリンさんがすき！」

「キリンもいいな！　諒介は？」

「べつに、なんでも」

わかばはいつも以上にハイテンションだ。はしゃぐ恵太につられているのか、逆に恵太がわかばのノリに感化されているのかはわからない。ただ、とにかくどちらも異常なほどに元気で、まだ入口なのにどっと疲れる。

「なんでもってことはないだろう。なあ恵太」

「りょーちゃんはね、ウサギさんがすきだよ！」

「へー……」

にやにやとわかばが諒介の顔を覗き込んでくる。恵太を抱いているので近付く顔を押し返すこともできず、諒介はしかめっ面をつくった。

「きみはオオカミみたいなナリをして、ウサギさんが好きなのか。じゃああとで見に行こう」

「べつにいい」

「遠慮するな。だけどまあ、とりあえずはキリンだな！　それからアフリカゾウ」

「わかちゃん、ライオンさんは？」

「そうだ、ライオンも見たいよな。んー、ライオンバス！　これに乗ろう。それでこう戻って、ウサギ、インドゾウ、……シフゾウ？」

地図を指で辿《たど》りながら、わかばが首を傾げた。どれだけゾウが好きなのかと呆《あき》れる。

「シフゾウはゾウじゃないぞ」

「え、そうなのか」

「シカだ」

知らなかった、とわかばが目をまたたくと、恵太「ぼく、しってた！」と諒介の腕の中から身を乗り出した。わかばに抱っこをされたいらしい。恵太はもともと人見知りをあまりしないほうだが、こんなにすぐに懐くのも珍しかった。

「恵太は知ってたのか。すごいな」

わかばが、抱き取った恵太に頰や額をぐりぐり押し付ける。じゃれかかられた恵太が楽しそうにキャーと笑った。

「わかちゃん、いいにおい！」

恵太が幼い声を弾ませてそんなことを言うので、諒介はギョッとわかばに顔を向けた。

「諒介？」

わかばの近くで、くんと鼻を鳴らした。それから、つむじに鼻を押し付けて嗅《か》ぐ。いつもとは違う、お菓子みたいに甘い香りがする気がして、少し屈《かが》んで首筋にも鼻先を寄せた。

「ン、くすぐったい」

諒介の求めに応じるように素直に首筋を晒《さら》したわかばが、妙に甘い声を出す。諒介は、ぎくりとして足を一歩引いた。

「こんなところで大胆だな、きみは」

「そういうんじゃない」

諒介がむっつりとした表情になると、わかばは微笑んで「わかってる」と頷《うなず》いた。

「大丈夫。俺のチャームは思春期にならないと効かないから、恵太にはまだ感じ取れない。この香りはあれだな、うららがくれたボディソープだ。今朝はじめて使ったんだが、蜂蜜《はちみつ》とココナッツの匂《にお》いがかなり濃かった」

わかばが恵太を誘惑するなんて思ったわけではないが、なんとなく安堵《あんど》して息をついた。肩の力を抜いた諒介を見て、ふっとわかばが笑う。

「りょーちゃん、わかちゃん、はやく！」

恵太がわかばの腕の中で身をよじった。わかばが恵太を地面へおろすと、途端に覚束《おぼつか》ない足取りで猛然と駆け出していってしまう。

「恵太、そっちじゃない！」

慌ててふたりで恵太を追いかけて捕まえる。恵太はまだ走りたそうにしていたが、わかばと諒介のあいだに挟んでそれぞれ手を繋いでやると、急にご機嫌になった。

わかばが立てたプランのとおりに、園内を回る。思った以上に広かったが、恵太は元気によく歩いた。いままでは図鑑でしか見たことがなかった大きな動物を、目をきらきらさせて長いこと眺めているのを見ていると、連れてきてよかったと思う。

それはわかばも同様で、恵太と並んで、大きな目をますます大きくしてゾウに見入っている横顔は、幼い子供と同じようにかがやいていた。

恵太が喜ぶのを見て幸せに思うのはいつものことだが、その隣でわかばが楽しそうにしていると、幸福感が倍増する。高揚するような満足感は、家族と出かけたときには味わったことのない感覚だった。

昼食を挟んで、恵太がもう一度キリンを見たいというのでキリン舎へ戻った。それからまた歩いて、今度はコアラを見に行く。コアラ舎は園の端に位置していて、辿り着くころには恵太の口数はめっきり減っていた。朝からはしゃぎ過ぎたのだろう。わかばに抱っこをせがんだかと思ったら、あっという間に眠ってしまった。

「すごいな、スイッチが切れたみたいだ」

眠って重みが増しただろう小さい身体《からだ》を抱いて、わかばは楽しげに笑う。

「重いだろう、代わる」

「いや、平気だ」

わかばは華奢な腕で恵太を抱きなおすと、「そろそろ帰ろうか」と言った。まだ昼を少し過ぎたばかりだったが、眠っている恵太を抱いて、諒介とわかばがふたりで動物を見るというのも妙な話だ。

園内の端から端までを歩いて正門へ戻る。諒介だって、眠ってしまった恵太は重いと感じるのに、わかばは途中何度交代を申し出ても頑として小さな身体を渡してはくれなかった。しまいには重いのがいいんだと言うので、あきらめて任せることにする。

恵太はぐっすり眠ってしまっていて、レンタカーのチャイルドシートに乗せて車が走り出しても起きる気配がない。わかばの運転は丁寧だし、道路もほどよく空いていて、行きとは打って変わって静かな帰り道になった。

「諒介、今日はありがとう」

後部シートで恵太の寝顔を眺めていたら、運転席のわかばが落ち着いた声でそんなふうに言うので、諒介は驚いてバックミラーに目を向けた。

「いや、礼を言うのはこっちだ」

なるべく恵太にさみしい思いをさせないようにしているつもりだが、母と叔父《おじ》だけでは、両親や祖父母が揃っている家庭のようにはたくさんのことを与えてやれない。だから今日は、本当にありがたい機会だった。

「ありがとう、わかば」

バックミラーに映るわかばが、照れくさそうに微笑む。目元がほんのりと桃色で、はにかむ表情は無垢《むく》な少女のようだった。

「……あんたの子供はきっとすごく可愛《かわい》いんだろうな」

つい、そんな言葉が口をついた。わかばに似た子供なんて、まるで天使のようだろうと思ったのだ。

わかばはきょとんと目を瞠《みは》って、それからじわりと苦笑した。苦味の滲《にじ》む表情が、突然わかばを二十七の男に見せて、諒介はぎくりとして口を噤《つぐ》んだ。

「俺は子供はつくらない」

きっぱりとした声だった。

なにもかもを拒絶する意思が伝わり、急に運転席が遠ざかってゆくように感じた。考えなしに「なんで」と訊《たず》ねたのは、それを繋ぎとめたかったからかもしれない。

「俺と一緒になって、相手が幸せになれるとは思えない。それに、子供が男でも女でも、淫《いん》魔《ま》の特性を継いだらかわいそうだ」

かわいそう、という言葉が、いやな感じに胸に迫る。淫魔の特性を継いだ子供とは、つまり、わかば自身のことだ。

「かわいそうだ、とか、」

どうしてか、「そうか」と頷くことはできなくて、なにか反論しようとして諒介は言葉に詰まった。「そんなことはない」とか「生まれてみないとわからない」とか、ありきたりな台詞《せりふ》は言っても無駄だ。実際わかばがそう生まれて、生きてきて出した結論に違いないのだ。

「少なくともまともな恋愛はできない。ああ、でも、母のような例もあるから、絶対とも言い切れないが」

わかばは以前、淫魔なのは母親で、父親は普通の人間だと言っていた。いまの口振りから察するに、わかばの両親は普通に恋愛をして結婚をして、子供をもうけたのだろう。

「だったら、あんただって」

「母の生きかたを否定する気はないけど、俺もうららもこの血を残す気はないんだ。家族は持たないって、ずっと前からそう決めてる」

凛《りん》と言い切る声に、それ以上はなにも言えなかった。

諒介は、わかばのことをこれまでずっと、ちょっと変わった人物だと思ってきた。明るくて、騒々しくて、大袈裟《おおげさ》で、子供のようで、摑《つか》みどころがなくて、と、会うたびにわかばを知ったようなつもりでいたけれど、そんなのはすべて上辺だけのことだったのだ。わかばの本質を、いまはじめて、ほんの少し垣間見た気がする。

「……つまらない話をしてしまったな。だから本当に、今日は恵太に遊んでもらえて楽しかったんだ」

淫魔なんて存在を、そう簡単には信じられない。

だから納得したわけではない。けれど、わかばにはたしかに過去があって、傷がある。彼はさびしがりで、ひとりぼっちだ。

いま、自分が理解できることはそれだけで充分で、諒介は「そうか」と小さく頷いた。

「また出かけよう。恵太も喜ぶ」

それだけ言うと、嬉しそうに笑うわかばがバックミラーに映る。

口にすればからかわれるか笑われるだろうと思ったので言わなかったが、可愛いなと、深々とそう思った。

十一月も後半に入り、季節は本格的に冬だ。わかばは寒がりらしく、いつものように訪ねたマンションは、リビングも寝室も床暖房でぬくぬくとあたたかかった。しかも、羽毛布団《うもうぶとん》を新調したという。諒介と寝ることを考慮したらしいワンサイズ大きな羽毛布団は、びっくりするほど軽くてあたたかかった。ただでさえわかばとは必要以上に眠ってしまうのに、冬にこの布団はさらに危険だ。

けれど、その日は珍しく夜中に目が覚めた。

寝室は真っ暗なのに、なにかに無理矢理起こされたような感覚だった。こめかみと目の裏が重く、半分ほどしか目が開かない。そのまま寝なおそうとして、胸元から苦しげな声がするのに気付いた。

「わかば？」

少しずつ暗闇に目が慣れると、腕の中に抱えたわかばが顔をゆがめて荒い呼吸を繰り返しているのが見えた。時折低く呻《うめ》くようすは、単に夢見が悪くてうなされているだけとは到底思えない。やっぱり体勢に問題があるのか、それとも今日は特別体調が悪いのか。とにかくこのままにはしておけなくて、諒介は起き上がってわかばを拘束する手錠を外した。

「おい、わかば」

肩を揺すると、わかばは鬱陶《うっとう》しそうに首を振ってから、ゆるゆると目を開けた。

紅い光が、闇の中でほのかにまたたく。わかばの目だと理解するのに多少時間が必要だった。普通、ひとの目は赤くないし光らない。およそ人間とはかけ離れた光に、ぞっと一瞬背筋が冷える。

「ア、……りょうすけ」

もそりと起き上がったわかばの口の中で、諒介の名前が蜜のように甘重くもたついた。

硬直する諒介の身体に、わかばがしなやかな猫科の仕種《しぐさ》でのっそりと乗り上げてくる。どん、と背中がヘッドボードにぶつかった。

「わか、ば」

身を引くが、うしろにはもう逃げる場所がない。ぎりぎりまで顎《あご》を引くが、わかばはたやすくその距離を縮めた。かぷ、と食いつかれるように唇《くちびる》が重なる。

「ン、……ん」

チロチロと舌で唇を舐《な》められて、諒介はぐっと歯を食いしばった。

わかばは「うーん」と不満そうに唸《うな》ると、やにわに諒介の股間《こかん》に手を伸ばした。反応していない性器を、パジャマのうえからぎゅっと握られる。びくっと腰《こし》を引こうとしたが、やっぱり逃げ場はない。

「わかば、やめろ……っ」

腕を伸ばして、わかばの身体を押し返す。体格差を考えると、あまり強く押すことはできない諒介に対して、わかばのほうはまるで遠慮がなかった。全体重で乗りかかってきながら、いつの間にか手にしていた手錠で諒介を拘束しようとする。

「ふざけるな……っ」

「おとなしくしてろ、悪いようにはしないから」

身の危険は充分に感じていたが、わかばに暴力を振るって逃れようとは思えなかった。力任せに殴《なぐ》るなり蹴《け》るなりすれば逃げることは簡単だろうが、わかばに怪我《けが》をさせたくない。躊躇《ちゅうちょ》していうちに、いつもとは逆に、諒介が後ろ手に拘束されてしまった。

「うん、いいな。……興奮する」

ヘッドボードに寄りかかる諒介の脚を膝《ひざ》で跨《また》いで、わかばが淫蕩《いんとう》に微笑んだ。ほっそりした身体がするりと近付く。甘い花の香りにくらりと目眩《めまい》がした。

キスをされそうになって、なかば意地で顔を背けると、わかばはくすくすと笑いながら諒介の頬に音を立てて口付けた。チュッ、と次は首筋で唇が弾む。それから、パジャマのボタンを外され、乳首、臍《へそ》、腰、下腹。やわらかい唇の感触に、自分の意思とは関係なく腹筋がびくびくと波打った。指先で、なだめるように腹を撫《な》でられ、下半身に熱が溜《た》まり出す。

「……ッうそ、だろ」

わかばの手が、諒介のパジャマと下着を無造作に引きおろした。まだ完全には勃《た》ち上がってない性器に手を添えて、躊躇《ためら》いなく先端に口をつける。傘の部分をまるごと口に含まれて、ぐっと一気に血が集まった。

「ン、おいし……」

ちゅうちゅうと先を吸われて、腰が勝手にうねる。わかばの口を突き上げそうになる衝動を、諒介は必死に耐えた。

「我慢することないのに」

わかばが顔を上げて、数度諒介の腹筋に吸いついて赤い跡をつけた。それからふたたび、今度ははっきりと上を向いた性器に向かって口を開ける。かぽ、と先端が包まれて、そのまま深くまで飲み込まれた。

口でされるなんてはじめての経験だった。わかばが頭を上下させると、小さな口の中を自分の性器がじゅるじゅると出入りする。熱く濡《ぬ》れた口の中の感触はもちろん、視覚の刺激もすごい。快感を上回るくらいに腹筋がきりきりと痛み、手負いの獣のように息が荒くなった。

「ん、ふ……っ、んぅ」

わかばは感じ入ったように喘《あえ》ぎながら、夢中のようすで諒介の性器を貪《むさぼ》る。先端からこぼれてるだろう液を吸って喉《のど》を鳴らすさまが、からからに喉が渇《かわ》いたときの水分補給を思い出させた。

わかばは本当に淫魔なのかもしれない。

いままでだってそう納得しかけたことはあったけれど、身体でまでそれを感じることになるとは思わなかった。

「ッわかば、だめだ、出、る…っ」

「待って、まだ出さないで……っ」

ひゅっとわかばが素早く身を起こした。あと少しのところを焦《じ》らされて、ぼんやりと視界がかすむ。

性欲は薄いほうだと思っていた。自制心にも自信があった。なのに、甘い香りとわかばの痴態で頭がいっぱいになる。

諒介の腰を跨いだわかばが、Tシャツは着たまま下着だけを急《せ》いた手でずらす。わかばのボクサーパンツはローライズタイプで、腰から下を最低限にしか覆っていない。ぐいとずらしただけで、熱くなった性器がふるりと弾み出した。こんなところまですんなりときれいだと思う。

わかばの手はそのまま諒介の性器に伸びた。太い幹を握って扱《しご》きながら、先端をとろけた蕾《つぼみ》に擦《こす》りつける。ぬちゅ、ぬちゅ、と濡れた音がして、こめかみが燃えるように熱くなった。焦らされるのがつらくて、意識がぐらぐらと揺れる。は、は、とよだれを垂らす犬のように荒い息を繰り返すしかできない。

「諒介、つらそう」

とろんとわかばが諒介を見下ろした。ルビーのような紅い目が濡れてきらきらと光る。

「これ、入れたい？　俺に？」

頭がおかしくなりそうだ。息も絶え絶えに何度も頷くが、わかばは許してくれない。「なあに？　言って？」と促されて、舌をもつれさせながら「入れたい」と答えた。

「……いい子」

わかばが少しだけ腰を落とすと、先端がぬるりと粘膜に包まれた。わかばの高い声と、自分の熱い声が重なる。とろけた内側は、やわらかくて、きつくて、熱かった。

腰を突き上げて、思うさまにそこを味わいつくしたい。けれど、逸《はや》る意識に身体がまったくっついてこなかった。包まれる快感が大きすぎて、臍から下の感覚が奪われたようにほとんどない。腰が抜けるというのはこういうことなのかもしれなかった。

「ア…ッ、はいっ、た……」

ぺた、と骨ばった尻《しり》が腰に乗った。わかばは、全身で快感を味わうようにうっとりと胸と喉を反らす。

「きもち、い……」

本当に気持ちよさそうに息をついて、わかばはゆっくりと腰を上げた。ぬる、と諒介のものが半分くらい抜けたところで、またぺたんと尻をおろす。熱くとろけた肉を擦らされる感覚に、全身の肌がぞわぞわと粟立《あわだ》つ。

わかばは身体を反らし、後ろ手に諒介の腿《もも》に手をついて、ゆるりと腰を回した。膝が大きく開いているので、繋がった部分がよく見える。同性のそんなところ、普段なら決して見たいものじゃない。なのに、わかばの濡れた性器と自分を受け入れる小さな孔《あな》に、目が釘付《くぎづ》けになった。しなやかに動く腰がなまめかしい。

「あっ、これすごい…っ、……な、諒介もして？」

甘い声でねだられて、諒介はゼイゼイと喘ぎながら首を振った。

「なんで？　意地悪しないで、おねがい、ガツガツされたい……っ」

「ちがう、……ッでき、ない」

重ねて首を振る。理性からの拒絶ではなかった。腰が抜けて本当にできないのだ。こうなると、男として情けなくて泣きたくなる。

わかばは息を弾ませながらしばらく潤んだ目で諒介を見下ろして、それから事情を察したのかうっすら微笑んだ。そして、舌をひらめかせて、唇をちらりと舐める。

「しょうのない子だな。よしよし。それなら今夜は、俺がかわいがってやる」

あやすように諒介の頬をやさしく撫でて、わかばがふたたび腰を使い出した。

腰を上げて、おろす。最初は単調だった動きが、次第に熱を帯びる。上下の抜き差しだけでも苦しいほど気持ちいいのに、前後にくねる動きを加えられるとたまらなかった。

「あっ、ア！　やっ、ン！　あ！」

肌が触れ合う音と、繋がった部分の濡れた音、それからわかばの喘ぎと諒介の吐息が混じり合う。奔放に喘ぐわかばの声も、諒介をますますの興奮に突き落とした。

目のくらむような甘い香りがあふれて、寝室をいっぱいに満たす。

「あんっ、すご、も、ア！　いく、いく……ッ」

もう腰を上げることはできないのか、前後の動きが淫《みだ》らに加速した。

うっすらと汗をかいたわかばの身体が、真珠のようにぼんやり光って闇に浮かび上がる。

本当に、ぞっとするほどきれいだった。こんなにきれいな生き物が、ひとであるはずがないとさえ思う。

「ア！　りょうすけ、出す？　ねえ、出る？」

恰好《かっこう》悪いとは思うけれど、されるがまま、頷くしかなかった。

自分がわかばを抱いている。わかばの中にいる。そのはずなのに、抱かれているような、自分を味わわれている感覚が強い。翻弄《ほんろう》されて、搾《しぼ》り取られる。わかばの独擅場《どくせんじょう》だ。

「イイ、いく、……アッ、だめ、ア！　ア！　――ッ！」

わかばは最後は声もなく、全身をびくびくと震わせてのぼりつめた。白濁がぴっと飛んで、諒介の身体に落ちる。同時にいままでにないくらいきつく締め付けられて、たまらず諒介もわかばの中で射精した。

「ン、あ…っ、たくさん出てる……」

うっとりとわかばが満足そうに微笑んだ。ねぎらうようによしよしと撫でられて、急激に意識が遠のく。

「ごめんな、吸い取りすぎちゃった。いっぱいありがとう。おやすみ、諒介」


翌朝目が覚めると、ベッドの中にわかばの姿はなかった。

身体を起こすと、パジャマの上がはだけていて、下は尻の半分くらいまで中途半端にずり下がっている。かろうじて下着だけはちゃんと穿《は》いているのは、わかばが引き上げてくれたからだろう。ベッドを降りると、足がふらついた。どこかが痛いわけではない。ただ、とにかく倦怠感《けんたいかん》がすごい。高校生のころ、部活でへとへとに疲れたときとよく似ていた。

寝室を出て、慎重に階段をおりる。わかばはリビングのソファでテレビを見ていた。膝をきつく抱えて小さくなって、目はテレビを向いているが内容を楽しんでいるようには見えなかった。

「わかば」

ぺた、と裸足《はだし》の足で近付くと、わかばがぎくしゃくと顔を上げた。

「――おはよう」

他に言葉が見つからない。わかばは小さく頷いただけで、返事はしなかった。

わかばがいつものようにやかましくないせいで、部屋の空気はどんよりと重い。諒介はパジャマ姿のまましばし所在なく立ち尽くした。

「シャワーを浴びたらどうだ」

助け舟を出すように、わかばがこちらを見ないままそう言った。

言われてみれば、身体が汗や体液でべたついて感じて、諒介は自分の荷物を抱えてバスルームへ向かった。熱い湯を頭から浴びると、やっと地に足がついている感覚が戻ってくる。

身支度《みじたく》を整えてリビングに戻ると、わかばはまだ膝を抱えた体育座りのままだった。日曜の昼前のバラエティー番組が、どっと空々しい笑い声を響かせる。

わかばの態度は、はっきりと諒介を拒絶していた。

諒介は、この部屋でテレビがついているのをはじめて見た。つまり、これまでは必要なかった、沈黙を埋める音と映像が、いまは必要なのだ。

けれどここで、並んでテレビを見るのもおかしい気がする。だからといって、こんなに丸まって静かなわかばを置いて帰るのも気が引けた。昨夜起こったことを考えれば、セックスをして翌朝そそくさと帰るなんてまるでやり逃げだという気持ちにもなって、結局諒介はまた立ち尽くす。

「……どうして手錠を外した」

きゅっと膝をさらに引き寄せて、わかばがぽつんと呟くような声で言った。

「うなされてた」

「なにがあっても外さないでくれって言った」

責める口調でわかばがそう言う。

たしかに言われていた。先に寝ても、高熱を出していても大怪我をしていても、かならず拘束してほしいと。

けれど、隣であんなに苦しそうにされたら放っておけない。特別憎い相手ならともかく、諒介はわかばのことを、こんなことになったいまだって決して嫌いじゃないのだ。

「拘束しろとは言われたけど、外すなとは言われてない」

わかばを心配して手錠を外したのだ。恩を着せるつもりはないが、責められるのも理不尽に思えて、つい言い返す。すると、わかばは勢いよく顔を上げてきっと諒介を睨《にら》んだ。

「屁理屈《へりくつ》か！　きみは俺との約束を破ったんだぞ！」

涙目で怒鳴られて怯《ひる》む。諒介が黙り込むと、わかばは俯《うつむ》いてスンと鼻を鳴らした。

ぐすぐすと鼻音は次第に大きくなり、ひっくとしゃくり上げられて諒介は弱りきる。二十七の男がこんな子供みたいに泣くのをはじめて見た。しかも自分が泣かせたのかと思うと罪悪感は膨らむばかりだ。わかばが言うとおり、結んだ約束を破ったことは間違いなく、言い分はあるものの、その点に関しては諒介も悪い。

諒介は、泣きじゃくるわかばの前で途方に暮れた。抱えた膝に額を押し付け、嗚咽《おえつ》に合わせて細い肩が揺れるのが、小さい子供のようで痛々しい。

いつも潑剌《はつらつ》と明るくて、ばかみたいに笑っているのがわかばだと思っていた。

昨夜、自分の上で腰を振ったわかばも、いま、ぐすぐすと泣いているわかばも、諒介が知らなかった、はじめて見る姿だ。

「――はじめて本当の友だちができたと思ったのに。もうおしまいだ。台無しだ」

泣きながらの声は、諒介への攻撃というより、自分の内へこもっていく嘆きの色が強い。責める口調にむっとしたばかりなことも忘れて、諒介は慰めの言葉を探す。

「おしまいってことはないだろ。友だちでいいじゃないか」

「よくない！」

ぶん、とわかばが首を振って涙を散らした。

「俺がほしいのは、純粋な、普通の友だちだ。きみは普通の友だちとセックスをするのか」

「………………」

「するのか」

「しない」

ほらみろ、とわかばは泣き濡れた目元を手の甲で拭《ぬぐ》う。諒介が近くにあったティッシュの箱をテーブルの上に置いてやると、わかばは三枚続けて紙を引き抜いて鼻をかんだ。

「友だちはセックスしないんだ。セックスをしたらそれはセックスフレンドだ。最低最悪のやつだ」

わかばの言い分はもっともだったが、それ以上に、本人の中で決まっている、『友だち』の定義の頑《かたく》なさが声にあらわれていた。

友だちとはセックスしない。したら友だちではなくなる。そういう線引きがあまりにもはっきりしている。理屈ではわかる。諒介も、こんなことにならなかったらそう言えた。

けれど実際わかばと関係を持ってしまったいま、そんなふうには割り切れない。

「だったら、おたがい昨夜のことはなかったことにして忘れよう。俺はそれでいい」

わかばからの返事はぐすぐすという泣き声だけだ。これもだめらしい。

初登場&新連載スタート!!
センターカラー
あずみ京平
古矢 渚
西原ケイタ
待望の連載再開!!
田倉トヲル
巻頭カラー
★シリーズ読みきり
ワタナベナツ/鈴倉 温
★読みきり
葉芝真己
クロオ千尋
煙川時々
高野ひと深
★ショート
桜庭ちどり
秋葉東子
平喜多ゆや
★大好評連載陣
日高ショーコ
崎谷はるひ+天王寺ミオ
神奈木 智+金田正太郎
山本小鉄子
如月弘鷹
三田 織/神田 猫
大島かもめ
ARUKU
コウキ。
田中鈴木
鰍ヨウ
テクノサマタ
花田祐実
木々/四宮しの
ルチル アニバーサリー
ポスターブック
全サ実施!!
★最終回
トワ/三崎 汐
さがのひを
吹山りこ
ルチル
Boy's Cute and Sweet Magazine
Rutile
3月号
◉表紙
テクノサマタ
◉ピンナップ
高星麻子
本体予価722円+税
2016年
1月22日(金)発売!!
◆奇数月22日発売◆隔月刊
(応募者負担あり)
表紙イラスト図書カード応募者全員サービス
最新情報はこちら→[ルチルポータルサイト]
http://rutile-official.jp

スマートボーイズ
スマホアプリ「スマートボーイズ」INFORMATION
東京の旬なスポットを、イケメンとめぐる♥
新シリーズスタート!!
東京スマートさんぽ
SMART BOYS
流行先取り!!
原宿さんぽで
オシャレにデート気分
原宿編
好評配信中!
杉江大志
最新作全5話、絶賛配信中!
スマホで楽しむ恋。
「スマ恋」シリーズ第2弾
早乙女翔(弓道部顧問)
寿里
ミュージカル『薄桜鬼』
土方歳三役 出演決定
市宮眞人(弓道部部長)
滝口幸広
柏木凜空(次期部長)
松田 岳
恋弓《こいゆみ》
弓で認め合う先輩と後輩、恋の行方は……弓で決める。
「続きやらないか? あの日の勝負の続き」
コンテンツ詳細は、
スマートボーイズをチェック!
http://sumabo.jp/
丸山敦史
ソロイメージMOVIE
1/29(金)
配信スタート
『リアルfaces 丸山敦史』

もともと自分は人付き合いが得意じゃないし、言葉もうまくない。わかばが気に入るようなうまい提案なんて思いつくわけがなかった。

なのに、どうにかして、解決法を見つけたかった。こんなふうに気まずいままで帰りたくない。

「……なら、ケンカみたいなものだと思って」

どうしてもなかったことにはできないなら、起こったことの意味を変えればいいと思ったのだが、これにもわかばは頷かなかった。

「きみにとってセックスとケンカは同義なのか。強引すぎるだろう」

泣きじゃくりながらもっともな反論をされて、「そうだな」と引き下がるしかない。

「だめだ、なにも思いつかない」

本当に追い詰められると、心の声が口から出るのが自分の癖なのかもしれなかった。素直な言葉がストレートに口をついて出る。

「だから、そう言ってる」

今日はじめてわかばが頷いて諒介に同意を示した。

「どんなに取り繕ったって言い換えたって無駄なんだ。俺はきみの友だちになれなかった。もう終わりだ、だめなんだ」

駄目押しのように、無駄、終わり、だめ、とマイナスの言葉を重ねられる。

わかばは知らないだろうが、面倒くさがりの自分がこんなふうに他人に向かって食い下がることは滅多にない。こんなに自分が常にない努力をしているのに、まったく取り合わないというのはどうなんだ。手錠を外したのは自分が悪い。けれど、襲ってきたのはわかばのほうで、いうなら諒介は被害者だ。

腹立ちまぎれにそこまで考えて、けれど口に出すのはやめた。

自分はわかばを責めたいわけじゃない。被害者面《づら》をしたいわけでもない。

諒介はじっと自分の裸足のつま先を見下ろした。責められたくない。責めたくない。だけど、わかばと肉体関係を持ってしまったことは動かしようのない事実だ。

「……あんたはどうしたいんだ」

結局、選択権があるのは諒介ではないのだと思った。わかばの結論を、こちらが受け入れるしかない。友だちでなくなったなら、自分とわかばの今後の付き合いはどうなるのだろうか。

わかばはテレビを消して、もう一度ティッシュで鼻をかんだ。それから立ち上がり、諒介の前に立つ。

正面から見ると、はじめて会ったときより今朝のわかばは、いっそうかがやくようにきれいだった。髪の一筋や爪の一枚までがつややかで、どこもかしこも宝石のようだ。

淫魔という存在が、諒介の中にはじめて無理なくおさまる。セックスで相手の精を搾り取り、自分の糧にする。なるほど、わかばはそういう種類の生き物だ。華やかにきらめくわかばと、なにより重い倦怠感を抱えた自分自身がその証拠だった。

「きみとはもう会わない」

圧倒的な魅力に見惚《みと》れていたせいで、わかばが発した言葉を理解するのが遅れる。

「は？」

「きみとはもう会わないと言ったんだ」

きっぱりとした拒絶に、諒介は目を瞠った。

わかばの結論に従うつもりでいたけれど、まさかそこまでの拒絶をされるとは思わなかった。

「だけど、添い寝は」

「もういらない」

「だけど、そうしたらあんた眠れないんだろう」

「でも、これまでそれで生きてきたんだ。これからだってなんとかなる」

そこまでのことなんだろうか。諒介にはそれがわからない。

「これからは気をつける。手錠は二度と外さない。それでいいだろ？」

「だめだ」

「どうして」

たった一度の失敗で、こうまで頑なにならなくてもいい。諒介だって昨夜のことをそれほど軽く考えられるわけではないが、わかばは重く捉えすぎだ。堂々巡りに飽いて思わずため息をこぼすと、わかばはグッと顔をゆがめた。

「きみは知らないからそんなことが言えるんだ！」

「知らないって、なにを」

「なんにもだ！」

これには、またかちんとくる。うんざりとしてこれ見よがしなため息をつきながら、諒介は「わかった」とぞんざいに頷いた。

「あんたがそう言うならそれでいい」

投げやりな気分で、わかばに背を向けた。なにか言いたげにわかばの喉が鳴るのがかすかに聞こえたが、振り返ってやれるほどできた人間じゃない。こんな、目の前で扉を閉めるように拒絶されたら、もう自分にできることなんかなにもなかった。ここでまだ踏みとどまって追いすがる理由を諒介は持っていない。

マンションを出ると、うっすらと霧雨が降っていた。傘なんて持っていなかったので、舌打ちをして足をはやめる。はじめてわかばを訪ねた日も雨だった。最後の日も雨だなんて皮肉なものだと思う。

最後、という言葉が、思いがけず肥大して諒介の胸を重く塞《ふさ》ぐ。一度立ち止まってチラと来た道を振り返ったが、木目のマンションはもう見えなくて、諒介はため息と舌打ちをもう一度重ねて、駅に向かって走り出した。

それでも諒介はどこかで、わかばとの縁は切れないような気がしていた。

わかばは気分屋で、自分の意見をわりとあっさりひっくり返す。先週、駅前のジムに入会した件が一番記憶に新しい。

わかばは華奢で楚々《そそ》とした見た目とは反対に、活動的で、じっとしているのが苦手なタイプだ。運動――特に球技はなにをやってもすばらしく下手だが、なぜか積極的にやりたがる。バッティングセンターやボーリングが好きなのがいい例だ。他にも諒介は、テニスやスカッシュ、卓球などに付き合わされた。

だから、運動が好きならジムにでも通えばいいと言ったのだ。そうしたらわかばは、「きみはバカだな」と鼻で笑った。

「運動は誰かとやるから楽しいんだろ。ジムなんかに入ってどうする。ひとりで延々と自転車を漕《こ》ぐ真似《まね》をしたりバーベルを上げたりしてもちっとも楽しくないじゃないか。ああいうのはマゾヒストのすることだ。俺はそんなのごめんだ」

そう言ってふんぞり返るので、諒介は「そうか」と頷いた。わかばの言いたいことはわからないでもない。諒介自身も、小さいころ、習い事の候補に、そろばんと習字と水泳とサッカーを挙げられて、サッカーを選んだのは、チームプレイのスポーツが楽しそうだと思ったからだった。

だから諒介は、わかばがどんなに下手でも、やりたがることには付き合った。バッティングセンターに行けば、相変わらずほとんどの球を空振るけれど、わかばは楽しそうだったし、それを見ていると自分もなんだか楽しかった。

そんなわかばが、ジムに入会したと誇らしげに会員証を見せてきたのが先週の土曜日だ。驚く諒介に、わかばは「どうだ、いいだろう」と薄い胸を反らした。どうして急にジムに入る気になったのかと聞けば、「サラリーマンは運動不足なんだ。定期的に運動をしないとあっという間に中年太りでメタボで生活習慣病だ」と言う。わかばが自分をサラリーマンと称することには相変わらず違和感があるが、言っていることはまっとうだった。

そして呆れたことに、自分があんなにジムを否定していたことは覚えていないらしい。プールでどれだけ泳いだとか、ジャグジーがあったとか、楽しそうに報告するわかばの話を、諒介はなかば唖然《あぜん》としながら聞いた。

よくいえば柔軟。悪くいえば軽薄。わかばにはそういうところがある。

だから今回のことも、時間をおけば考えも変わるに違いないと思っていた。

落ち着けば、また連絡をしてくると思った。電話をかけてくるか、また学校まで迎えにやってくるか。そうでなくとも、添い寝屋としての自分のことは呼ぶだろうと、なんの根拠もなく、諒介はそう考えていたのだ。

そのときのことを想像するのは簡単だった。わかばが「要はきみが手錠を絶対に外さなければいいんだ」とまるで自分が思いついた発見のように言って、諒介が「だから俺がそう言っただろう」とため息をつく。わかばがアハハと笑って、それで元どおりだ。

けれど、しばらく待ってもわかばからの連絡は一向になかった。もう、あの晩から十日目になる。普段ならそんなに長いとも思わない期間だが、わかばとは出会ってからこれまで、一週間以上会わずに過ごしたことがない。

会っていたのは週に一度か二度。けれど、わかばの華やかな騒々しさのせいか、二日に一度は会っていたような錯覚もあって、ずいぶんと長く顔を見ていない、声を聞いていないと感じる。

夜、布団に入るたびに、ちゃんと眠れているだろうかとわかばを思い出した。

いまだによくわからないが、わかばにとって、あの寝心地のいいベッドをひとりで広々と使うより、窮屈に拘束されて諒介と身を寄せ合うほうがよく眠れるのだということは理解している。

だから本当は、眠れているだろうか、ではないのだ。眠れていないのに大丈夫なのだろうか、が正しい。わかばは眠れていない。それは確信だ。

眠れずに、夜中、繁華街のあの狭苦しくガチャガチャとしたディスカウントストアをひとりでうろつくわかばを思うと胸がちくりと痛んだ。わかばはさびしがりなのだ。だから、音と物と色と人であふれたあの場所を好む。

「…………」

ふと、心配になる。

夜になると淫魔自身も興奮して、いい匂いを出して近くにいるひとを誘う。そういう話だったはずだ。十日前の夜、わかばが諒介を襲ったのも、夜中という時間帯のせいが大きかったのだろう。

つまり、わかばが夜中にひとりで出歩くのは、危険な行為なのではないだろうか。

淫魔のチャームが効く一般人が、わかばの魅力に我を失って襲いかかってくるなんてことがあるかもしれないと思うと、急に、いてもたってもいられなくなった。

諒介は布団をはねのけて、腹筋で軽く起き上がった。枕元で充電をしていたスマートフォンを手にして、あまり深くは考えないまま、わかばに電話をかける。

電話はなかなか繋がらなかった。留守番電話にも切り替わらず、延々と呼び出し音が鳴る。あきらめて切ろうとしたところで、やっとわかばの声が聞こえた。

『――もしもし？』

周りの雑音でよく聞こえない。やっぱりどこか外にいるようだった。

「どこにいるんだ」

隣の部屋では、亜由美《あゆみ》と恵太が寝ている。諒介が小声で訊ねると、わかばも「なに？」とぼそぼそとした聞き取りづらい声を返した。

「いま、どこにいるんだ」

『——なんでそんなこと訊くんだ』

賑やかな屋外にいるせいだけではなく、わかばの声自体が不明瞭《ふめいりょう》でつっけんどんだった。いままでは、わかばから電話をかけてきて、一方的に喋《しゃべ》って切ってしまうのがほとんどだったので、繋がっているのに双方が黙るということがはじめてだ。

もともと電話は苦手だが、自分からかけた手前、このまま黙り続けるわけにもいかない。諒介はとりあえず「そこは安全な場所なのか」と訊ねる。

『は、あ？』

わかばが大きな疑問符を返してくるのも当たり前だった。けれどこちらは大真面目《おおまじめ》だ。普通に考えれば、日本で二十七の男がひとり歩きするのに危険な場所なんてないだろうが、わかばは違う。たとえば、わかばが好むいつものディスカウントストアの近くには、ゲイが集まることで有名な一角がある。自分がまったくのノーマルで、わかばにも性的な魅力を感じたことがなかったから考えもしなかったが、いま思うと、あのあたりは安全とはいえない。

けれど、安全な場所なんてあるのだろうか。わかばのチャームというのが、どの程度、どんなふうに人間に影響するのかを諒介は知らない。いい匂いで人間を誘惑する、という額面どおりの効果なら、どんなところだって、ひとがいる以上危険だ。

「家に帰ったほうがいい」

『へ、え？』

わかばの困惑が手に取るように伝わる。

『どうしたんだ』

「べつに」

『妹になにか言われたか』

「うららには最近呼ばれてない」

『そうか。……俺がきみの予約を取りやすいように気を遣ってくれているんだな』

そしてわかばはまた黙ってしまった。こうなると、もう諒介から言えることもなくなる。日常的な話をするような雰囲気でもなかったし、そもそもその手の世間話というものが諒介には不得手だった。

大学でレポートの提出があったとか、恵太にパンダの耳がついたコートを買ってやったとか、そういう話をすればいいのだろうか。わかばはいつも楽しげに、どんな話をしていたんだったろうか。いつも適当に聞き流していたことをいまさら惜しく思った。

『……きみから電話をもらうのははじめてだな』

ぽつん、とわかばが呟《つぶや》いた。

『どうしてかけてきてくれた？　いままで、一度もしなかったのに』

責める口調ではなかったけれど、突き放す冷たさはたしかに感じて、諒介は口ごもった。

あんたが連絡してこないからだ、というのはどこか傲慢《ごうまん》な気がする。心配で、というのも、落ち着いて考えてみればおかしな話だ。諒介と出会うまでのわかばは当たり前に夜中の外出をしていたのだから、いまさら諒介が心配するようなことはなにもないに違いない。

『諒介。俺はもう、きみには会わないと言ったよな』

「……これは電話だ」

『きみは意外と屁理屈ばかり言うんだな』

わかばは呆れたようにそう言った。

「あんたにしか言ったことはない」

諒介の返しに、わかばは電話の向こうでちょっと怯んだらしかった。ハッと小さく息をのむ音が聞こえる。

小さな子供のような屁理屈だと、自分でもわかっている。他人と会話を繋げる方法をそれしか持っていないなら、こんなに情けないことはない。恵太が最近、亜由美や諒介がなにを言っても「なんで?」と返してくるのと同じレベルだ。

「わかば」

『――とにかく、もう俺のことは放っておいてくれ』

ぷつっと音がして通話が切れる。

諒介は信じられない思いで、耳から離したスマートフォンをしばらく眺める。

そんなことをしていてもわかばからの折り返しはなく、暗い画面に硬直した自分の顔が映るだけだった。


午後八時四十五分。諒介は鬱々とした気分で、わかばの住まいの最寄り駅に到着した。十二月に入り、駅前のディスプレイはクリスマス一色だ。恵太はまだサンタクロースを信じているから、今年もクリスマスイブの夜まで気を配ることが多そうだなと思う。

自分でも、どうしてここにいるのかよくわからない。

気がついたらここにいた、と言いたいところだが、そんな怪奇現象があるわけもないのでこれは諒介の意思だ。

ダウンジャケットのチャックを首まで上げて歩き出す。

わかばに呼ばれたわけではなかった。あの電話以降、わかばからなんの音沙汰《おとさた》もないのはもちろん、諒介からも連絡はしていない。つまり諒介はいま、なんの約束もなくわかばの家に向かっている。

わかばを訪ねて、なにか言ってやろうとか聞き出してやろうとか、そういうつもりがあるわけではなかった。はっきりとした目的はなくて、ただ、たぶん、顔を見て安心したいのだと思う。チャイムを押してわかばが出てきて、けんもほろろな対応をするならそれでもよかった。

クリーニング屋の角を曲がったところで、少し前を、諒介と同じくらいの年だろう若い男が歩いているのが見えた。赤いダッフルコートと金茶の髪の、小柄で痩《や》せた身体に見覚えがある気がして、記憶を辿る。大学の同級生かなにかだろうかと思いながら歩いていると、男はわかばのマンションへ入っていく。

諒介は少し時間をおいてから、オートロックのエントランスを抜けた。エレベーターの回数表示が、ちょうどわかばの住む三階で止まるのを見て、はっとする。

思い出した。あれは、『眠《ねむ》り姫《ひめ》の夢《ゆめ》』の従業員だ。

面接のために、亜由美が自宅に呼んだときに挨拶《あいさつ》をした。名前までは覚えていないが、アイドルのようにかわいい顔をしていて、これで自分の指名が減るといいと思ったのを覚えている。

ここは一応集合住宅だが、三階にはわかばともう一世帯しか住んでいない。その住人も『眠り姫の夢』の顧客だとか、彼がその部屋の住人だとか、そんな偶然があるだろうか。あるわけがないと思った。となれば可能性はひとつだ。

わかばが、自分以外を指名して添い寝を依頼した。

「………ッ」

諒介は、エレベーターの左手にある扉を開けて、非常階段を駆け上がった。二階まで着いたところで膝に痛みを感じたが、構わず手すりを掴んで三階を目指す。

非常階段の鉄の扉を開けると、わかばの部屋のドアの前で、金茶の頭が振り返った。向こうは諒介のことを覚えていないようで、ぱちぱちと驚いたように目をまたたく。諒介も肩で息をしながら、睨むように相手を見据えるしかできない。

なにもかもを説明するのは面倒だし無理だ。帰れと追い返すか、自分の客だと追い返すかの二択くらいしか思いつかなかった。

向かい合ってじりじりとしていると、玄関のドアが開いて、わかばがひょこりと顔を出す。

「いらっしゃい」

「あ、こんばんは。『眠り姫の夢』から来ました、ナツキです」

うん、とわかばが微笑むと、ナツキと名乗った男がぽっと頬を赤らめる。こんな危ないことはなくて、諒介は大股《おおまた》で玄関へ進んだ。

「わかば！」

「――諒介っ？」

ギョッとわかばが目を瞠って、ドアのレバーを持ったまま身を引いた。諒介は、閉まっていくドアに手をかけて、逆の力で押し開く。

「きみ、なにしてんだ、離せ……っ」

わかばは綱引きの要領で体重をかけてドアを閉めようとするが、わかば程度の体重と引き合って諒介が負けるわけもない。

「え、なに？　どゆこと？」

「おまえは帰れ。亜由美、……店長には俺から話す」

置き去りにされてぽかんとするナツキに、全力でドアをこじ開けながらそう言い捨てて、タックルをするような勢いで玄関に身を押し込んだ。諒介が転がり込むと、わかばは弾《はじ》かれる恰好で玄関に尻もちをつく。

「…………」

立ち上がるのに手を貸そうとしたが、拒否された。わかばは諒介を警戒するように、後ずさりながら立ち上がる。

もしかしたら、襲うことを目的に押し入ったと思われているのかもしれない。そう気付いて、諒介は一歩わかばから離れた。背中を玄関のドアにつけて、両手を胸の位置まで上げる。

「なにもしない」

わかばはそれでも警戒を解かなかった。

「だったらなにをしに来た」

「べつに、」

「べつにってことはないだろう」

「顔を、見に……」

「ハァ？」

顔？　とわかばは一瞬、毒気を抜かれたような表情になる。「なにを言ってるんだ……」と呟かれ、諒介も思わず「そうだろう」と頷きそうになる。本当に、なにを言っているんだろうと自分でも思う。

諒介が俯くと、わかばはハアとため息をついた。

「なら、もういいだろう。俺の顔は見たな。じゃあ帰ってくれ」

「いやだ」

きみなぁ、とわかばが呆れと苛立《いらだ》ちを混ぜ合わせて声を尖《とが》らせる。

出会ってから、諒介は何度もわかばのことを恵太みたいだと思った。子供みたいで、無邪気で、元気で、キラキラしている。けれどいまは、自分のほうがまるで三歳児だ。わがままで、言うことをきかなくて、話が通じない。わかばが腹を立てるのも当たり前だ。自分だって自分に呆れる。

「……きみは、どうして」

頑として動かない諒介に、わかばが今度は困惑したように俯いた。

どうして、とわかばは言うが、諒介にだって訊きたいことはあった。

「あんたはどうして、俺以外のやつを呼んだんだ」

え？　とわかばが顔を上げる。

「店に、俺以外を指名して添い寝の依頼をしたんだよな。どうしてそんなことをしたんだ」

「そんなの、きみに関係ない」

「あいつを誘惑して、やるつもりだったのか」

諒介のあけすけな言いかたに、わかばがむっと眉《まゆ》を跳ね上げた。

「仮にそうだとしても、きみには関係ないだろう。それともなんだ、俺は誰かと寝るのにいちいちきみの許可を取らなきゃいけないのか。会ったばかりの、八つも年下のきみに」

『会ったばかり』と『八つも年下』をことさら強調されて、諒介もむっとする。

「そういう意味じゃない。あんた、自分のやってることがおかしいと思わないのか。友だちとはセックスしたらいけなくて、初対面の他人ならいいのか。どう考えても変だろ」

「変で悪かったな。俺は淫魔だ。普通と同じようには生きられない」

「淫魔の話はいましてない」

ぐっと、わかばが泣き出しそうに顔をゆがめる。

追い詰めて傷つけたいわけじゃない。本当は、わかばの言うとおりなのはわかっている。わかばにはわかばの考えと生活があって、それに諒介が口を挟む権利なんてないのだ。諒介は、たまたまわかばと多少の縁があるだけで、家族でも恋人でもない。まさに、『会ったばかり』で『八つも年下』の他人だ。

もやもやと、胸元が不愉快に曇る。

「……どうしても帰らないのか」

「帰らない」

「わかった。勝手にしろ。俺は寝る」

わかばは深々とため息をつくと、玄関の諒介に背を向けた。

「寝室には鍵をかける。二階には絶対に近付かないでくれ」

「添い寝はいらないのか」

「いるわけないだろう……っ」

ほっそりとした背中にきゅっと力が込められる。猫が毛を逆立てるのに似ていて、わかばの怒りはいつも幼げだ。

わかばが二階の寝室に引っ込んでしまうと、広いリビングはシンと静かになる。ここで一晩を過ごすとしたらソファで寝るしかないだろう。大きさは充分だが、身体にかけるものがないのは厳しかった。

けれどコートはあるし、床暖房のスイッチは入ったままなので、凍えることはないと気持ちを切り替える。

大きなソファに陣取って、しばらくはスマートフォンをいじっていたが、日付が変わるころには目が疲れて眠くなってきた。もともと夜更《よふ》かしは得意ではない。諒介はダウンジャケットを脱いで身体にかけて、ソファに横になった。こんなことなら、丈の長いコートを着てくればよかった。

うとうとと眠りに入りかけたところで、二階からの物音に気付いた。ドアを開けて、階段をおりてくる裸足の足音がする。わかばが手洗いにでも起きたのだろうかと、諒介はあえて起き上がらず、眠った振りをした。

キッチンの小さな明かりがついて、冷蔵庫を開け閉めする音がする。水を飲んでいるらしい。しばらくすると明かりが消えて、けれど立ち去る足音は聞こえなかった。

じっと、こちらを窺《うかが》うような気配に、諒介はなんとなく緊張した。

暗闇のなか、うっすらと花の香りが漂ってくる。甘くて涼やかで、吸い込むと全身がうっとりとゆるむように心地いい。これがわかばのチャームなのだと、いまでは諒介も理解していた。けれどやっぱり、この香りで性的に興奮するというのがよくわからない。いい匂いだとは思う。ただ、弛緩こそすれ、興奮はしない。

わかばがそこにいることも忘れて、香りに包まれて眠りそうになる。

そこへ、のしりとわかばが乗りかかってきて、諒介はギョッと目を見開いた。

「のど、かわいた」

ルビー色の目をとろけさせて、わかばが諒介の腹の上で首をこつんとかたむける。恵太も諒介がごろごろしているとよく腹や背中に乗ってくるので、腹に跨られるのは慣れていた。けれどこれはまるで違う。ぞくりと背筋を震えが駆けて、諒介は息を詰めた。

「……水を飲んでたんじゃないのか」

おそるおそる口を開くと、わかばは楽しそうにうふふと笑った。

「違うものが飲みたいんだ」

ぴんと立てた人さし指が、諒介の喉からツツッと下がり、薄いセーターの上から臍の周りをぐるりとなぞった。わかばがなにを望んでいるかわからないほど鈍くもないので、諒介は起き上がってわかばの身体を押し戻す。けれど、抵抗はわかばに軽くいなされた。

ジーンズのベルトを外され、前を広げられる。

これでは前回と同じ展開だ。このまま流されれば、明日の朝、またわかばに泣かれて拒絶されるに違いない。

「わかば、やめ……っ」

トランクスから引っ張り出した諒介自身を、わかばは大きく口を開けて頬張った。がくん、と腰をまるごと持っていかれたように力が抜ける。

ぬぬ、とゆっくり喉の奥まで含まれた。口をすぼめてきつく吸いながら頭を引いていく、その一度のストロークだけで、諒介の性器は完全に勃ち上がった。茂みの中に鼻を突っ込む勢いで、根元の膨らみや浮き出す血管に舌を這《は》わされ、噛《か》みつかれる。そのたびに腰がみっともなく跳ねた。

「……っわか、ば」

拒んでいるのか求めているのかわからない諒介の声に、わかばが目を上げた。うっすら眉を寄せた表情は苦しげで、けれど紅い目は欲望にとろけている。わかばは一瞬助けを求めるような色を目に浮かべて、それから睫毛《まつげ》を伏せた。

「……っく」

たっぷりと唾液《だえき》の溜まった口に、ふたたび迎え入れられる。濡れた音を立てて、まるで美味《おい》しいみたいに舐めしゃぶられて、限界はすぐに訪れた。

「だめだ、わかば……っ」

ぷはっとわかばが顔を上げる。ちゅこちゅこと音を立てて性器を扱きたてながら、「のみたい、のませて」と一心にせがまれてくらくらと目眩がした。こんなの、どうやったら拒めるのかわからない。は、は、と荒い息をつきながら、諒介は覚束ない指でわかばの頬を撫でた。それを了承と取ったのか、わかばがふたたび顔を伏せる。

深々と含まれたまま強く吸われ、びりびりと腰が震えながら浮き上がった。わかばの口の中で、どっと精液を放ってしまう。

「ン、んく……っ、んっ」

わかばが喉を鳴らして諒介の出したものを飲みくだした。残滓《ざんし》もすべて絞るように、幹を扱きながら先を吸い上げられ、諒介はこらえきれず低く喘いだ。

出し切っても興奮が治まらず、力を持って上を向く諒介の性器を見て、わかばがうっとりと頬を染める。

「どうしよう……、ほしい、すごく、ほしい」

キラキラとあやしく輝くルビー色の目の中に、わかばの葛藤が見えた。

ここで殴って気絶させてでもわかばをとめれば、自分たちの関係はもとに戻るのだろうか。もうすでに一度身体は重ねてしまって、まともに話し合いすらできていないことを思えば、それも現実的な考えではなかった。

だけど、だからといって同じ失敗をもう一度繰り返していいわけじゃない。

ぐらぐらと目眩がして、実際、頭が丸く揺れているんじゃないかと思う。

「あ、ん……っ」

濡れた声にはっとする。目を向けると、膝立ちになったわかばが背中側に手を回してひくひくと身体を震わせていた。ひそやかに、くちゅくちゅと濡れた音がする。

呆然《ぼうぜん》と見つめながら、自分の指で、後ろの孔をほぐしているのだと理解した。

「わかば……」

ごく、と諒介の喉が鳴る。

「あ……っ、こんなの、だめなのに……っ、もうしないって、思って、ア！」

すすり泣きながら、薄い胸を反らして身をくねらせるわかばの媚態《びたい》は、諒介の迷いを霧散させるには充分な刺激だった。

わかばがもっと、だらしなくて下品で低俗だったらよかったのに。そうしたら、冷静になれたかもしれない。嫌悪できたかもしれない。逃げられたかもしれない。

なのにわかばは、どんなに淫らに振る舞っても、純粋な部分を失わない。むしろ、こんなときのほうが可憐《かれん》で純真に見えた。

淫魔なのに、セックスをしたくないと言う。したくないと言うのに、こんなに鮮やかにつやめいて諒介を誘う。わかばの存在のアンバランスに、強烈に惹《ひ》きつけられた。

「くそ……っ」

起き上がる勢いで、わかばをソファに組み伏せた。とろんと見上げてくる目に誘われるまま、自身の先端を小さな孔に擦り付ける。

「ア……ッ！」

濡れた襞《ひだ》がひくひくと震えながら、諒介を飲み込んでいく。狭くて熱い粘膜に包まれる感覚が強烈で、諒介は溺《おぼ》れるようにして一気に根元までを収めきる。

「ン、……いい」

わかばが気持ちよさそうに喉を反らす。ずるりと引いて、ふたたび突き込んだ。

「あっ、そこ…っ、ン！」

感じる場所を差し出すようにして教えてくるので、求められるままに同じ場所ばかりを繰り返し擦った。わかばが甘く濡れた声で奔放に喘ぐので、褒められているようで得意な気分になる。

「ア、あっ、イイ……っ」

夢中で腰を振ることしかできなくて、ガツガツと細い身体を貪る。自分の下でわかばが切なげに身をくねらせるのがたまらなかった。快感が強すぎるのか、さっきまでは自分から差し出した弱い場所を、今度は隠すように逃がそうとするので、追ってきつく突き上げた。

「や……っ、ア！　ン、い、っく……っ」

きゅうきゅうと吸い上げるようにきつくなる締め付けに、諒介も限界が近い。獣じみて小刻みに激しくなる動きに、わかばが悲鳴のような声を上げた。

「あ！　やっ！　……ッも、いく、いく、いっちゃ…ッ、あ！　あ！」

逃げかかる腰を手で摑んで固定すると、わかばの身体ががくがくと大きく痙攣《けいれん》した。

「──ッ！　──！」

わかばは達するときに、快感を全身に行き渡らせて味わうように、身体をぐっとのけぞらせる。シーツを摑み、薄い胸を弓なりに反らせる姿があやしくきれいで、自分の快感を追うことも忘れて一瞬見惚れた。

「……きみも出してくれなきゃだめじゃないか」

余韻まで味わいきったわかばが、とろりと濡れた目を諒介に向ける。深々とわかばに埋めた性器の根元を指先でくすぐられ、腰がぶるっと震えた。促されるままに、わかばの中にたっぷりと精液を注ぎ込む。

「ン、あ……」

迸《ほとばし》りを受け止めるわかばの気持ちよさそうな表情に、興奮がおさまらない。こんなに嬉しそうにされたら、精根尽きるまで、全部、なにもかも捧《ささ》げたくなる。

荒い息を繰り返しながら、組み敷いたわかばを見下ろした。ゆる、と引いた腰をもう一度突き込む。

「ア…ッ、うそ……っ」

わかばの細い腰が、諒介の下でぴちりと跳ねた。逃げるようでもあったし、ねだるようにも感じられる。後者は自分に都合がよすぎる解釈だろうか。窺うように、もう一度腰を押し込んだ。

自分が放ったもので濡れた粘膜が、ざわざわと絡みついてくるのがたまらない。あとはもう、わかばの反応を待つこともできなかった。

「諒介くん大丈夫？　ぼーっとしてない？」

目の前で凶器のような爪がひらひらと揺れて、諒介ははっと我に返った。

風呂《ふろ》上がりのうららが、つけっぱなしのテレビと諒介のあいだにしゃがんで首を傾げている。視界を遮られていることにも気付いていなかった。むしろ、いつの間に風呂に入ったんだと思う。

その疑問が顔に出ていたのか「お風呂入ってくるねって言ったよ！」とうららが頬を膨らませた。ぷりぷりしながらドライヤーを押し付けられ、諒介はおとなしく受け取った。コンセントを差して、背中を向けて座ったうららの長い髪を乾かす。

「疲れてるの？　眠いの？」

うららの問いに、諒介は「べつに」と言葉を濁した。すると、うららの後頭部がゴンと諒介の胸に当たる。

「その、べつにっていうのよくないなあ！」

「……悪い」

考えごとをしてた、と言うと、うららは「ふうん？」と鼻を鳴らした。

「珍しいね。諒介くんって、いつも神妙な顔してるわりに、あんまり悩みとか考えごととかないひとだと思ってた」

失礼だなと思うけれど、あながち外れてもいない指摘だった。

諒介は基本的に、面倒事を徹底的に避ける。だから、最低限の人付き合いしかしないし、行動範囲も狭い。悩んだり考えたりするのは家族のことくらいで、それも滅多にないことだった。亜由美はもちろん、恵太も諒介を悩ませるようなことはしない。

なにも考えていなくても腑抜《ふぬ》けた表情にならないのは、もとの顔立ちのおかげだ。亜由美にもよく、「その顔に生まれてよかったわね」と言われる。

「そういうとこ、わかちゃんとは逆だよね。わかちゃんは結構、小さいことでうじうじ悩むし、コンプレックスのかたまりだけど、見た目だけならそんなふうには思えないでしょ？」

突然わかばの名前が出て、諒介の手からドライヤーが落ちる。うららが驚いてキャッと声を上げた。

「なに、どうしたの」

「いや……」

べつに、と言いかけて、怒られたばかりなのを思い出し飲み込む。

代わりに諒介は「わかばは」と自然を装って探りを入れた。

「わかばは元気か」

うららは、諒介の質問の意味をはかりかねたように首を傾げた。

「元気なんじゃない？」

「会ってないのか」

「うん、最近はあんまり。あ、でも昨日久し振りに電話かけてきたよ」

胸までの長い髪を乾かし終えると、うららは「ありがと」とテレビを消してベッドへ上がった。

諒介がわかばを抱いたのが一昨日《おととい》の夜。昨日の朝は、諒介が起きるとわかばは鍵のかかった寝室に引っ込んでいて、いくらノックをしても出てきてはくれなかった。仕方なくそのまま帰宅したが、この先どうしたらいいのかと、ずっと考えている。

「諒介くんを紹介してから、わかちゃんあんまりうららには電話かけてこなくなったんだよね。前はもっと、用事もないのにうちに来たり電話かけてきたのに。さみしがりなんだよね、ひとりが苦手なの。うららは、だったら誰でもいいから誘って寝ちゃえばいいのにって思うけど、わかちゃんはできないいんだ」

諒介は黙って頷いて、自分もベッドに上がった。

わかばはさみしがりだ。少しでもわかばを知れば、きっと誰でも察するくらいにわかりやすい。

「だから、うららに電話をかけてこなくなったってことは、それだけ諒介くんが、わかちゃんに付き合ってくれてるってことだと思ってたんだよ」

それにも曖昧《あいまい》に頷く。たしかに、はじめて添い寝屋として呼ばれてから、最初にセックスをしたあの夜までは、自分が一番わかばに近いような気すらしていた。逆にいえば、諒介にとっては急激に、家族の次点にまでわかばの存在が急上昇していた。

「だからまあ、電話がかかってきた時点で、諒介くんとなにかあったのかなあって」

布団を引き寄せると、うららは事務的な仕種で諒介に擦り寄って、寝心地のいい場所を探す。細い腕が腰に回り、腿へ脚を絡められると、やわらかい胸が脇腹に当たった。ほのかにわかばに似た甘い匂いがして、けれどいつもと同じで、高揚も興奮も湧かなかった。

「わかばは、なんて」

「それがね、大真面目な声で変なこと訊くんだよ。『正直に言ってくれ。諒介とやったことは本当にないのか』だって」

ひやりとする。淫魔のチャームが効かないから、うららともわかばともセックスをしない。大前提だった諒介のその特性も疑われているのだった。

一度目は、わかばに乗りかかられて、一方的に貪られた。けれど一昨日は、諒介が自分の意思でわかばを抱いたという自覚がある。疑われるのも当たり前かもしれない。華奢な腰を思うさま突き上げた快感を、いまだにだるく感じる腰がじわりと思い出す。

「それで?」

「もちろん、一度もないって言ったよ。そしたら、どうして我慢できるんだ、おまえは本当に淫魔かって怒り出して、意味わかんない。淫魔に決まってるじゃん」

ぎり、とうららの脚が諒介を締め付ける。

「なんかムカついたから、『我慢するとかばかじゃん。わかちゃんだって淫魔のくせに。やりたければやればいいでしょ』って言い返したら、わかちゃんなんて言ったと思う？」

「さあ」

「『ばか！　アバズレ！　淫魔！』だって。わけわかんないしひどくない？」

「……わかばらしいな」

諒介がつい苦笑すると、うららはむっと唇を尖らせた。

玄関のほうで、小さな物音がしたのはそのときだ。下駄箱のうえに並べてある小物が落ちたのだろうかと諒介が目を向けると、玄関に続く白い引き戸ががらりと開いた。ギョッと身を竦《すく》ませた諒介の目に、黒のピーコートを着たわかばの姿が映る。

「――わかば」

「えっ、わかちゃん？」

諒介の腕の中で身をひねり振り返ったうららも、驚きの声を上げる。

「どうしたの、わかちゃん」

わかばは、戸を開け放った姿勢のまま、ベッドの上の諒介とうららを見つめて呆然と立ち尽くしていた。

「いや、その、……うららと遊ぼうと思って」

「なあにそれ。また眠れないの？」

うららが億劫《おっくう》そうに起き上がり、ベッドに座る。諒介も身を起こした。

「なにして遊ぶ？」

うららの態度で、わかばがこうして突然押しかけてくるのは珍しいことじゃないのがわかる。これまでもうららは、眠れないわかばの時間潰しに付き合ってきたのだろう。

「あ、それとも三人で一緒に寝る？」

名案とばかりにうららが手を打つと、まるで自分が叩《たた》かれたみたいにわかばが身体を竦ませた。そして、チラ、チラ、と諒介とうららを見比べる。

「わかちゃん？」

首を傾げたうららに、わかばは痛みをこらえるように俯いてきつく目をつぶった。きゅっと結ばれた唇が、震えながらほどけて、引き攣《つ》るように呼吸する。諒介は、そんなわかばをじっと見つめるしかなく、無意識に息を止めた。

ふいっと、わかばはなにも言わずに身をひるがえした。「えっ？」とうららが困惑の声を上げる。

「わかば！」

考えるより先に、身体が動いた。転がり落ちるようにしてベッドを降りて、わかばのあとを追う。もう寝るつもりでいたので、身体はそんなに機敏に動かない。いっぽう遊ぶ気でいたわかばのほうは俊敏で、あっという間に玄関を出て階段へ消えた。

それでも、もともと運動神経がよくないわかばを、マンションのエントランスで捕まえることができた。

「……なんで追いかけてくるんだ。仕事中だろ」

「あんたこそどうして逃げるんだ。うららと遊びたいんだろ」

わかばが、唇を噛んで顎を引く。いまにも泣きそうなのを頑張ってこらえている子供みたいだった。

「……泣くな」

見ている自分のほうがつらくて、懇願するような声になった。わかばは俯いたまま目を瞠ってそろそろと諒介を見上げる。見定めるような視線を諒介は黙って受け止めた。

諒介は長袖《ながそで》のパジャマにスニーカーをひっかけただけだ。足元からしんしんと寒くて、エントランスの自動ドアの隙間《すきま》から吹き込む風が身を切るように冷たい。

「どうして」

ほろりとわかばが呟く。

「どうして、そんなことを言うんだ」

「そんなことって」

「泣くななんて、どうして」

戸惑うわかばに、諒介も困惑した。

泣かないでほしいと思うことに、理由がいるだろうか。思わず黙り込むと、わかばが背を向けようとする。腕を摑んで引き止めて、必死で言葉を探した。

「……俺が知ってるあんたは、騒がしくて、大袈裟で、つまんないことに感動して、いつもばかみたいに笑ってるんだ」

涙を溜めた目で、わかばが不服そうに諒介を見上げた。

「そうじゃないと、調子が狂う」

考えて、言葉にするたびに、少しずつ自分が正解に近付いてゆくような気がした。そうか、と徐々になにもかもが腑に落ちる。

「あんたには楽しそうにしていてほしい。笑っててほしいと思ってる。……そのために俺は、なにができる？」

わかばは紅茶色の瞳で、警戒心をあらわにしてじっと諒介を見つめた。

「きみ、なにを言ってるんだ？」

やがてわかばは傷ついたように目を伏せて、拒絶を含んだ声でそう言った。

「きみは他人に興味がなくて、俺のことも、いつも面倒がっていたよな？」

たしかにわかばの指摘は正しかった。はじめて会った日からずっと、諒介にとってわかばはとても面倒くさい相手だった。よく喋るし喋らせようとするし、いろいろなことを一緒にやりたがる。子供みたいで手がかかって、一緒にいるとずっと炎天下にいるみたいに消耗して疲れた。

けれどこうして、俯いて泣き出しそうなわかばを前にして、はじめて気付く。

自分は、そういう、真夏の太陽みたいなわかばが気に入っていた。好きだったのだ。

「――好きだ」

胸に突然、花弁の多い、ふっくらと大きな花がひとつぽんと咲いたような感覚だった。

泣きそうにされて自分までつらいのも、笑っていてほしいと思うのも、こんなに寒いのに引き止めることに必死になるのも、全部、わかばが好きだからだ。

面倒でもよかった。巻き込まれてクタクタになっても、わかばが楽しいと笑うならそれでいい。だいぶ前から、諒介は無意識にそう感じていて、それだって特別にわかばのことが好きだからに違いなかった。

「あんたが好きだ」

もう一度、わかばの目を見て口にする。するとわかばは、大きく目を瞠ったまま、ぎくしゃくと首を振った。「わかば」と名前を呼ぶと、今度こそ、はっきりとした拒絶を込めて大きく首を左右に振る。

「どうして、」

「セックスしたからか」

吐き捨てるような、蔑みのこもった声だった。

「また俺とやりたいのか。だから、好きだなんて言うんだろう」

「違う」

「どうしてそう言える？　俺は淫魔だって言ったじゃないか。きみは俺に誘惑されたんだ。セックスをして、具合がよかったから忘れられないんだろう？　知らないなら教えてやるが、それは恋なんかじゃない。ただの肉欲だ」

決めつける言いかたに、諒介の腹の奥でカッと怒りが弾けた。普段の感情がおおむねフラットなせいか、槍で突いたように唐突に高まった腹立ちを制御できない。まず動いたのは身体だった。

バシッと鋭い音がして、てのひらがうっすらとかゆいように痺《しび》れる。自分がわかばの頬を平手で打ったのだという自覚は、遅れてやってきた。

わかばが、叩かれた勢いで顔を背けたまま、呆然と目を見開いている。諒介も、肩を上下させながら、自分のしたことが信じられなかった。

怒りでも息が乱れるなんて知らなかった。鼻から興奮したような熱い息がもれて、おさえようとしてもおさまらない。こめかみがキリキリする。

くるっとわかばが踵《きびす》を返す。今度はもう、追いかけることはできなかった。

うららの部屋に戻ったものの、その晩は一睡もできなかった。翌朝、いつもと同じに、近くのカフェでうららと朝食をとってから帰る。

自宅では、亜由美がノートパソコンに向かっている横で、恵太がおとなしく絵を描いていた。これもいつもと変わらない光景だ。

「なによ、どしどし歩いて。機嫌悪いの？」

亜由美がパソコンの画面から顔を上げる。そんなつもりはなかったので「べつに」と答えたが、その声がギスギスと尖っていることにはいやでも気付かされた。

「……風呂入ってくる」

「りょーちゃん！　キリンさんかいて！」

「あとで」

恵太に構ってやることもできず、バスルームに逃げ込む。熱いシャワーを浴びても、気分はたいして切り替わらなかった。

身支度を整えて大学へ出かける。学校も、いつもと同じだ。授業がひとつ休講になっていて、いつもなら喜ぶところだが、ため息がこぼれた。ほとんどうわのそらで、ノートも取らず講義を三つ受けて帰宅する。

夕飯の時間も、ほとんど恵太の話を聞いてやれなかった。

自分に向かってなにか熱心に話していて、ちゃんと聞いてやらなきゃと思うのにまったく耳に入ってこないのだ。相槌《あいづち》は打つものの、恵太も話をまるで聞いてもらえていないことには気付いたようで、どんどん機嫌が悪くなる。

「りょーちゃんキライ！」

恵太が持っていた、先が丸くて平たいフォークが、諒介に向かって投げつけられた。フォークは諒介の肩に当たって、カシャンと床に落ちる。「こら、どうしてそういうことするの」と亜由美に叱《しか》られ、恵太はとうとう大きな声で泣き出した。

「諒介も、どうしたの」

「なんでもない」

「なんでもないってことないでしょ。隠しごとするのはよしなさい」

恵太へするのと同じ目線でたしなめられ、諒介は子供のように目を逸《そ》らした。亜由美が、のけぞって泣く恵太を抱き上げてあやしながらため息をつく。

「……ちょっと、ひとと言い合いになって」

ぼそぼそと打ち明けると、亜由美は「珍しいわね」と目を見開いた。ケンカ慣れしていそうな顔立ちのせいで誤解されがちだが、実際の諒介は面倒を厭《いと》うあまりにひととぶつかることは滅多にない。わかばとの一件を除けば、他人と揉《も》めたり言い合いになった記憶は高校二年生のころにまでさかのぼる。

うっかりいやなことを思い出しそうになって、諒介は慌てて開きかけた記憶のふたを閉じた。

「信頼されていたんだと思う。結果だけ見れば、俺がそれを裏切ったことになるのかもしれない。だけどだからってそのせいで、いままでのことが全部なかったことになって、俺の話をなにも信じてもらえないっておかしくないか」

出会ったその日に押し倒したわけじゃない。それまでにわかばは諒介と何度も一緒に眠った。一緒に食事をしたし、バッティングセンターにもボーリングにも付き合った。たこ焼きを作ったときも、動物園に行ったときも、いつもわかばは目をキラキラさせて、楽しそうにはしゃいでいた。

それがどうしてこういう結果になるのかが、諒介にはわからない。

自分はこれまでのことを、ひとつ残らず腕に抱えて反芻《はんすう》して、それでわかばを好きだと思った。わかばには身体目当てだとなじられたが、そうじゃない。そんなのは、ちょっと考えればわかばにだってわかりそうなものだと思う。

「ばかね」

ぐずるだけになった恵太の背中をぽんぽんと叩きながら、亜由美が深いため息をついた。

「誰となにがあったのか知らないけど、信用を失ったならなにもかもゼロに戻るのは当たり前じゃない」

そんなの理不尽だと思ったが、亜由美の言葉には重みがあって、子供のような反論を挟むことはできなかった。

「お父さんとお母さんが事故に遭ったとき、親戚《しんせき》は全員わたしたちから顔を背けたし、会社では自分なりに精一杯働いたけど、ひとりで子供を産みたいって言った途端にやんわり退職をすすめられた。社会とか人間ってそんなものよ」

いままでそんな素振りはまったく見せなかったけれど、亜由美は諒介の想像以上に厳しい目に遭ってきたようだった。神妙に俯くと、亜由美は泣きやんだ恵太を諒介に差し出した。いやがるかと思った恵太が、おとなしく諒介に手を伸ばしたので、膝に乗せて食事の続きをさせる。

「言っておくけどね、世の中はそんなだからあきらめなさいって意味じゃないわよ」

諒介が顔を上げると、亜由美はプラスチックのコップになみなみと注いだ赤ワインをぐびりと飲んだ。

「問題は、理不尽に信用を失ったあとどうするか。世を拗《す》ねてなにもしないのか、切り替えてまったくべつの信用を築くか」

亜由美は、後者を選んだのだと思った。世間はこういうものだと嘆くのではなく、自分に力をつけて、それまでの場所とは違うところで、違う信用を得たのだろう。

けれど諒介はもどかしく首を振った。亜由美の話はわかるが、いまの自分には当てはまらない。

「だけど俺は、そのひとじゃないとだめなんだ」

わかばじゃなきゃ意味がない。代わりはいないのだ。

そう、と亜由美が考え込むように顔をしかめた。断片的なことしか話していないのに、それ以上を訊ねることなく親身になってくれるのが姉らしい。

諒介も考える。わかばにもう一度自分を信じてもらうためにはどうしたらいいのか。

「謝ってもだめなら、長期戦を覚悟するしかないのかしらね」

「……謝る？」

「やだ、謝ってないの？」

戸惑いながら頷いた。そういえば、自分も悪かった部分はあると思ってはいたけれど、それをわかばには言っていないし、謝ることもしていなかった。

自分がどうするべきだったのか、やっとのことで正解のようなものがチャートのように頭に浮かんだ。

最初のセックスは仕方ない。あれは防ぎようがなかった。いまあの夜に戻っても、腕の中でわかばがうなされていたら手錠を外す。

問題はそのあとだ。翌朝謝るべきだった。わかばはああなることを懸念して、何度も諒介に手錠はかならずするようにと言ったのだ。それを軽く見たのは間違いなく自分が悪い。だけどあの時点で謝れば、わかばは許してくれたかもしれない。

二度目のときはもっと悪い。強情を張って、わかばの部屋に居座ったのがまず間違いだ。夜中に乗りかかってきたのはわかばだけれど、やっぱり止めなくてはいけなかった。快楽に流されて、理性を手放したのは諒介だ。

だめなのに、と淫らに身をくねらせながら泣いていたわかばを思い出す。

わかばは淫魔だから、乗られた自分が被害者だ。そういう気持ちを、いまでも持っていることを自覚する。

落ち着いて冷静に考えてみればなんということはない、要は自分が悪い。

とにかく謝ろうと思った。いてもたってもいられず、自室からわかばに電話をかけるけれど繋がらない。しばし悩んでから、スマートフォンと財布だけを持って「出かけてくる」と家を飛び出した。

わかばの部屋のチャイムを鳴らすが、応答はなかった。居留守なのかもしれないし、本当に出かけているのかもしれない。わからないが、先に他の場所を探そうと思った。これまでの自分だったら、いつかは帰ってくるだろうと部屋の前に辛抱強く立ったかもしれない。自分から、探したい、動きたいと思うことに自分で驚いた。

心当たりの中で一番近いのは隠寿司《おにずし》だ。走った勢いでガラリと戸を開けると、カウンターにいた中年のサラリーマンがふたり振り返る。他に客はなく、嵐が寿司を握る手を止めて、「どうかした？」と首を傾げる。

「わかば、来てませんか」

「今日は来てないよ」

ありがとうございます、と頭を下げて戸を閉める。駅前のジム、いつものディスカウントストア、うららの部屋。電車に乗って、思いつく限りを回ったが、どこにもわかばはいなかった。あとはもう、動物園やテニスコートなど、一度だけ行ったことがある程度の場所しか思い浮かばない。最後にもう一度マンションを訪ねたが、やっぱり応えはなかった。

終電の時間も近くなり、うなだれて自宅に帰る。こんなに走ったのは久し振りで、左膝の内側がズキズキと痛む。

わかばが好きなんだと、繰り返しそればかりを思った。


それから五日ほど経っても一向にわかばは捕まらなくて、悩んだ末に諒介は強硬手段に出た。わかばが出かけている可能性の一番低い日曜の朝に、隠寿司から嵐を連れてきて、自分の代わりに部屋のチャイムを押してもらう。

「どうしてわかばのためにここまで？　淫魔に振り回されるのは大変だろう？」

「わかばのためじゃないです。自分のためだ」

諒介自身は、インターフォンのカメラから映らないところに潜んでいると、玄関のドアが開いてわかばが顔を出した。

「嵐？　どうした、珍しいな」

「うん。彼がどうしてもって言うから」

「カレ？」

視線を嵐の周囲に巡らせたわかばが、諒介を見つけてギョッと目を瞠る。

「諒介……っ」

「おはよう、わかば」

「おはようじゃない、きみ、嵐を利用して俺を騙《だま》したな……！」

まったくそのとおりだった。卑怯《ひきょう》な手段に出た自覚はあるので、「ごめんなさい」と潔く謝る。するとわかばは諒介の態度に驚いたのか、毒気を抜かれたように「いや」としおしお俯いた。

「それで、なんの用だ」

「話をしたいから、嵐さんの店に一緒に来てくれ」

は？　とわかばが眉をひそめる。

「おい嵐、どういうことだ」

「そういうことだけど」

「開店前だろう。自分の大事な寿司屋を喫茶店代わりに使われて腹は立たないのか」

「お魚食べないわかばに言われたくないよ。とにかく、コート着て出ておいで」

嵐に急かされたわかばは、「二対一なんて卑怯だ」「なんの兵法だ」とぶつぶつ文句を言いながらも一度部屋へ引っ込み、ピーコートを摑んで出てくる。

久し振りに、わかばと寿司屋のカウンターに並んで座った。

嵐がお茶とトーストとゆでたまごを出してくれる。わかばは「モーニングか」とむっつりとしたまま言って、ゆでたまごの殻を剝《む》きはじめた。

「わかばはね、僕が触ったものを食べると少しだけ元気になるらしいよ」

熱心にたまごの殻を剝くわかばのつむじを見ながら、嵐がそう教えてくれる。

「僕の気みたいなものが、わかばにいいふうに作用するんだろうね。わかばが淫魔のくせにセックスしなくても生活できているのは、もともとハーフで血が薄いのもあるけど、僕が触ったものを定期的に食べているからっていうのも大きいと思うよ」

「嵐、余計なことを教えなくていい」

不愉快そうにわかばが口を挟む。「これは失礼」と肩を竦めて嵐が口を噤むと、小さな店内はシンと沈黙した。

ふいに、前にも嵐にわかばのことを教えてもらったのを思い出す。

中学時代の親友の話だ。どうしていままで思い出さずにいたんだろう。わかばとはじめてセックスをした親友。そのあと、友人にも戻れなかったし、恋人にもなれなかった、わかばの最後の友人。

思わず諒介はその場で頭をかきむしった。隣のわかばが、びくりと諒介のほうを向く。

「おい、諒介?」

「……知ってたんだ」

なにを、とわかばが眉をひそめながらゆでたまごをかじる。

わかばがどうして淫魔なのにセックスを拒むのかも、友人をほしがった理由も、セックスをしたら友人ではなくなると頑固に言い張るわけも、その全部に繋がるわかばの過去を、諒介は知っていた。すべて、その親友との一件が原因だ。

「わかば」

諒介が居住まいを正して隣に向き直ると、わかばは忙《せわ》しなく目をまたたいて、少し身を引いた。

「悪かった」

他に言葉がない。深々と頭を下げた諒介に、わかばの動揺と戸惑いが伝わってくる。

「あんたが俺になにを望んでいたのかも、それを裏切ることがどれだけひどいことなのかも、いまは理解してる。俺が悪かった、ごめん」

これまでは、わかばが頑なに自分を拒絶するのに腹を立てて、正論と屁理屈を盾にして何度も言い争ってきた。だからわかばも、諒介が謝るとは思っていなかったのだろう。かじりかけのゆでたまごを持った手が、困ったようにふわふわと揺れるのが見えた。

「俺はもうあんたと友だちじゃないのかもしれない。それでも俺は、あんたと縁を切りたくない」

好きだからだ、と言うと、わかばがひくりと怯《おび》えたように肩を震わせる。

「なんでもいいんだ。友だちじゃなくていい。ただの知り合いでも、それ以下でも。いままでどおりじゃなくていい」

わかばの手を離したくない。小さな子供のように、それだけを思った。

「……きみは、俺に興味がなくて」

「いまはある」

「自分のことはなにも話してくれなくて、なにを訊いても『べつに』ばかりで」

「聞きたいことがあるなら話す」

なぜかそれが、わかばの心を動かしたようだった。「本当に?」と訊ねられ、諒介はそこでようやく顔を上げた。わかばの目に、会ったばかりのころによく見た好奇心がほんの少しキラキラと潜んでいる。諒介が頷くと、わかばは「じゃあ」と言った。

「サッカーのこと」

どきりとする。諒介は、サッカーをしていたことをわかばに話したことさえ覚えていなかったが、わかばは覚えていて、しかも、それが一番諒介にとって痛い話だと気付いていたのだろう。

「恨み言のような話になる」

「それでもいい」

誰にも話したくなかったことだけれど、わかばが聞きたいなら話そうと思った。うまく話せるかわからない、と前置くと、わかばは少し笑って「かまわない」と言った。

深呼吸をして、口を開く。

「サッカーをはじめたのは七歳のときだ。それなりにうまくなって、高校は、サッカーの強い公立を選んだ。二年でレギュラー入りして、その年に、全国大会に出場した」

「すごいじゃないか」

たぶんそうなのだと思う。謙遜《けんそん》するのもおかしいので、諒介は曖昧に頷いた。

「一回戦を接戦で勝って、二回戦の日の朝に、妊娠中だった姉が突然産気づいた。予定日よりだいぶはやかった。身内は俺ひとりだ。付き添いたくて、監督に連絡した」

姉は、大事な試合なんだから行きなさいと言った。ついてきたって手を握る程度のことしかできないでしょ、と。けれど諒介はその、手を握ることこそ大事なことだと思った。

「監督に電話をしたら、なにをばかなことを言ってるんだと怒鳴られた。試合を優先しろ、赤ん坊なんて放っておいても生まれてくる、来ないのなら退部だと言われた」

怒りで身体が震えたのは、あとにも先にもあのときだけだ。

諒介にとっては、たったひとりだった家族がふたりに増える、一大事だった。姉は心身ともに強いが、それでも、両親も夫もいないはじめての出産に不安がないはずがない。

「それで」

「姉の出産に付き添った」

「試合は」

「負けた。冬休みのあいだのことだったから、休み明けに退部届けを出した」

「……その監督は、なんて」

諒介は深いため息をついた。

「『おまえのせいで負けたぞ。プロのスカウトも来ていた。おまえは自分の将来を自分で潰したんだ。絶対に後悔するからな』」

思ったよりずっとはっきりと覚えていて、そっくりそのまま口にできた。わかばがなにか言いたげに口を開いて、けれど無言で眉をひそめる。

「勝てたかもしれないとか、スカウトされたかもしれないとか、そんな仮定の話で自分の将来まで否定されたのが不快でしょうがなかった。自分にとってなにが大切かは自分で決める。全国で優勝してプロのサッカー選手になる『かもしれない』未来より、恵太が生まれる目の前の出来事が大事でなにが悪いんだ」

話しているうちに、当時抱えていたザラザラした苦いものが口の中いっぱいに広がって、自然と顔がゆがんだ。

自分の感覚が、周囲の理解を得られないことはわかっている。チームメイトたちも、負けた責任を諒介に問うことこそしなかったけれど、プロ行きのチャンスがあったことに関しては口を揃えて「ばかだなあ」とか「もったいない」とか言った。

だから、他人にこの話をしたくなかったのは、保身のためもあったのかもしれない。過去のことで、また同じように自分を否定されて責められるのはごめんだ。

諒介の話はそれで終わりだった。

隣を見ると、わかばは生真面目な表情で、トーストの端をひと口かじる。伏せ気味の睫毛が長くてきれいだ。あらためて、本当に際立ってきれいな顔立ちをしているとしみじみ見惚れる。

「……サッカーを続けたかった？」

ぽつ、と訊ねられて、諒介は首を振った。

「いや。どうせ膝も痛かったから、ちょうどよかったんだと思う」

そう答えると、わかばが「そうだった」と頷くので、諒介は首を傾げた。

「そうだった？」

「最初から、膝が悪いんだなと思っていたんだ。俺はてっきり、それがサッカーを辞めた原因かと……」

膝のことを気付かれていたとは思わなかった。どうして、と訊ねると、わかばは首をかたむけて諒介を見た。

「はじめてうちに来てくれた日、雨が降っていただろう？　帰るところをベランダから眺めていたら、きみが立ち止まって膝をさすっていた。雨は苦手だと言っていたし、実際そのあとも、雨の日は遊んでくれなかったよな。膝が痛むせいだろうと思った。それから、その痛みに、悪い思い出があるんだろう、とも」

子供のようだなんて、自分はわかばのことをずいぶん侮っていたのだと思う。諒介の隣にいるのはたしかに、自分より八つ年上の、おとなの男だった。

「ずっと知りたかったんだ、ごめん」

「どうして謝るんだ」

「話したくなかっただろう？」

そうだけど、と諒介は頷いて、カウンターの木目を見つめた。

「だけど、あんたが聞きたかったことなら、話してよかった」

顔を上げてそう告げると、わかばが目を瞠る。澄んだ紅茶色の瞳がかすかに潤んで、キャンディのようだった。

「諒介……」

じっと一心に見つめられ、じわじわと羞恥《しゅうち》が募る。

「とにかく、そういうことだから」

どういうことなんだと自分でも思うような、妙な台詞が口をついて出た。

「たいしたことじゃない、昔の話だ。だけど、あんただから話したんだ。俺がそうする意味を、考えてみてほしい」

早口で言ってから、押しつけがましかったかと反省する。

「いや、違う、いいんだ。俺が自分の意思で喋った。あんたのせいじゃない」

訂正すると、わかばはぽかんと口を開けて、それからぷっと噴き出した。ははは、と声を上げて笑うので、まじまじと見つめてしまう。わかばがこうして、明るく笑うのを見るのは久し振りだった。やっぱり自分は、こうして笑っているわかばが好きなのだと実感する。

「きみは、本当に、……やさしい、いい子だな」

笑いやんだわかばが、微苦笑した。泣き出しそうな、痛がるような表情で、諒介も眉をひそめる。

「あんなことさえなければ、きみとずっと友だちでいられたのにな」

ひやっと背筋が冷たくなった。

「よくわかった。きみはなにも悪くない。俺が淫魔なのが全部悪いんだ」

なにがわかったんだ、なにもわかっていないじゃないか。

自分を正当化するために過去の話をしたんじゃない。そんなのわかばにだってわかっているはずだ。なのに、どうしてそんな結論に辿り着いてしまうのかがわからない。

わかばが椅子《いす》から立ち上がる。

引き止めたいのに、言葉がなにも見つからない。

もどかしく見上げると、わかばはついと手を伸ばして、諒介の両目をてのひらで覆った。ふ、と唇にあたたかい感触が触れる。羽のような軽いキスをひとつ残して、わかばは店を出て行く。追いかけようと諒介が腰を浮かすと、それまでずっと黙っていた嵐が「いまは無理だと思うよ」と言った。

「追いかけてもわかばは意固地になるばかりだ。たぶん、わかばにとってもこういうのははじめてのことで、どうしたらいいのかわからないんだろうね。少し、時間をあげるといいんじゃないかな」

「……時間をやれば、解決しますか」

「まあ、そうとは限らないけど、追っても言い合いになるだけじゃない？　いままでそうじゃなかった？」

嵐の指摘は見てきたように正しかった。諒介が追って「なんでわからないんだ」「あんたの言ってることはおかしい」と責めれば、またわかばはきりきりと怒り出すに違いなかった。

諒介は深々とため息をついて、浮かせた腰を椅子へ戻す。

「でもまあ、僕はきみに頑張ってほしいな」

手をつけないままだったお茶が、新しいものと取り替えられる。諒介は熱いお茶をひと口飲んで、冷えきったトーストをかじった。

頑張るといっても、なにを頑張ればいいのかまったくわからない。なにも見えないだだっ広い場所からゴールに辿り着かなければいけないような、行き止まりばかりの迷路を脱出しなければいけないような状況に、ため息が出るばかりだ。なのに、ゴールが見えなくても迷ってばかりでも、わかばをあきらめることができない。これが人を好きになるということかと思いながら、諒介はぱさぱさの冷たいトーストを噛みしめた。

みぞれ混じりの冷たい雨が、透明なビニール傘に当たってぱらぱらと弾ける。冬はただでさえ膝の動きが悪くなる。ジョイントがうまく噛み合っていないような違和感に、雨のせいで鈍痛が加わり、歩くのさえ億劫だ。今日は大学は休んでしまった。

クリスマスを十日後に控え、いつもは街灯しかなくシンと暗い夜の住宅街も、あちこちでチカチカと赤や緑の電飾がまたたいている。その隙間で隠寿司は、相変わらずやっているのかいないのかわからないほどひっそりとしていた。諒介は傘をたたんで傘立てに差し、ガラガラと戸をすべらせた。

「こんばんは」

カウンターの中で嵐が「いらっしゃい」とにっこり笑う。意味ありげないたずらっぽい笑顔に、カウンター席のわかばが振り返った。

「……諒介！」

黙って隣に腰かけると、わかばがじとりと諒介を睨んだ。

「どうして」

「嵐さんに、あんたが来たら連絡してもらうように頼んでたんだ」

出してもらったおしぼりで手を拭きながらそう答えると、わかばは目を三角にして、カウンターを拳でドンと叩いた。

「嵐！　裏切ったな！」

「僕はどちらかといえば諒介くんの味方だよ。気付かなかった？」

「気付いてた！」

わかばは相変わらず迫力のない怒りを弾けさせながら、ズズ、と丼《どんぶり》の汁をすする。今日の夕飯はきつねうどんらしい。出汁《だし》のいい香りに、諒介の腹がグルグルと鳴る。わかばはむっつりと不機嫌な顔のまま諒介を見て「嵐、諒介にもなにか食わせてやってくれ」と言った。

「……こんな雨の中。膝は大丈夫なのか」

痛いと言えばこれみよがしだし、痛くないと言えば嘘《うそ》になる。諒介が黙ると、わかばは察して「痛いんじゃないか」と頬を膨らませた。

海鮮丼とお吸い物と柴漬けが、木製のトレーに乗って出てくる。まるで定食だ。ありがたく受け取って「いただきます」と箸を割った。

「俺も、今日は出かけるつもりはなかった。でも、気付いたら身体が動いてた」

諒介の言葉に、わかばが隣で、落ち着かなげにそわそわと身体を揺らした。

「きみ、は」

「俺は、自分が思ってる以上にあんたのことが好きで、会いたいと思っているみたいだ」

「…………ッ」

ゴト、とカウンターで重い音がする。目を向けると、空の丼がわかばの手から転がり落ちてひっくり返っていた。わかばにも目を向けると、耳と首筋がはっきりと赤い。

「バイトを辞めたんだ」

真っ赤に色づく小さな耳を眺めながら、そう言う。え？　とわかばが諒介に顔を向け、それから慌てたように正面に戻した。

「バイトって」

「添い寝屋」

辞めたいと言ったとき、当然の流れで理由を訊かれた。正直に「好きな人ができたから」と言うと、亜由美はずいぶんと長い時間しみじみと諒介を見たあと「そんなのもちろんいますぐ辞めてちょうだい」と嬉しそうに言った。

姉は、たぶん、サッカーを辞めて以来、他人と関わらなくなった諒介をずっと心配してきたのだろう。添い寝屋自体が自分のためだったとは思わないが、諒介をバイトとして雇ったのは、無理矢理にでも他人と関わらせようとしてのことだったのかもしれない。

「うららの部屋で鉢合わせたときのことを気にしているなら、あれはべつに傷ついたとか嫉妬したとかそういうんじゃないからな！」

「は？」

わかばが焦って取り繕うように口にした言葉の意味がわからず諒介が素で首を傾げると、わかばはぐっと喉を鳴らして黙り込み、ますます顔を赤くした。

「俺がいやなだけだ。好きな相手がいたら普通、それ以外のやつなんか抱いて寝たくないだろう」

わかばがまたそわそわと俯く。

「……きみは、見かけによらず純情だな」

「あんたほどじゃない」

「俺は淫魔だ。純情なんかじゃないのは、きみが一番よく知ってるだろう」

「淫魔の性質とあんたの性格はべつだろう？　あんたは純情だしロマンチストだ」

「違う、だって結局俺はきみを誘惑して襲ったじゃないか。俺だってきみのこと、——なのに、俺は、」

ねえ、と嵐がうんざりしたように口を挟んだ。

「その話、また繰り返しになるよね？　ちょっと整理させてほしいんだけど、わかばが諒介くんのこと襲ったんだね。これは事実でいい？」

諒介が頷くと、嵐は「なるほど」と肩を竦めた。

「それで、諒介くんはわかばが好きなんだよね。だけど、わかばがそれを理解しないんだ」

「だって、」

「わかばが考えてることはわかるよ。淫魔のチャームが効いてるだけだ。諒介くんは若いから、性欲を愛情と勘違いしてるだけだ。あのときの、……ナニくんだっけ、中学のときのわかばの親友、とにかく、ナントカくんと同じだ。おおかたこんなところだろう」

図星をさされたわかばが不貞腐《ふてくさ》れたように黙る。諒介が「でも俺は」と言いかけると、嵐は「ちょっと黙ってて」と白木の盛台におまんじゅうを置いた。

「ふたりとも忘れてるんじゃないのかな。諒介くんには、わかばのチャームは効かないんだよね？」

「…………！」

「――――！」

嵐の指摘に、諒介とわかばは揃って言葉を失う。

そうだ、諒介とわかばのあいだにある大前提はそれだった。諒介はわかばに誘惑されない。事実、出会ってしばらくはずっと、わかばも諒介も、寝すぎだと思うくらいによく眠ったのだ。

「だけど諒介は」

「チャーム、効かなかったんだよね。それは間違いないね、わかば？」

事実だけをまっすぐ訊ねられ、わかばがしおしおと頷いた。

「諒介くんも、本当は効いていたのに我慢してたわけじゃないね？」

諒介も頷く。

わかばに関しては、むしろ最初は変態かもしれないと警戒したくらいだ。いい香りはしたがそれくらいで、なにか、自分を特別惹きつけるものがあったわけではなかった。

「でも嵐、実際諒介は」

「実際諒介くんはわかばを抱いたのにって言いたいの？　自分が襲ったんだって言ったばかりだよね」

「…………っ」

泣き出しそうに口を噤んだわかばに、はあ、と嵐がため息をつく。

「そういう事実を踏まえて、僕の客観的な意見を言うね。それで、諒介くんが、わかばは俺の身体目当てなんだって思うことはあっても、逆はないんじゃないかな？　諒介くんがわかばを抱けた理由なんてひとつしかないよね」

嵐の言葉が、もつれていた自分とわかばの心と身体を簡単に解きほぐしていく。「そうだ そうだ」と頷いていればこのまま全自動で解決するように見えたけれど、この先は、嵐に言わせてはいけないと思った。

自分で伝えなければ意味がない。

「好きだからだ」

びく、とわかばが肩を揺らす。

「男が好きなわけじゃない。淫魔のチャームに誑《たぶら》かされたんでもない。俺があんたを抱けたのは、あんたのことが好きだからだ」

でも、と反論しようとするわかばの声が弱い。諒介は負けないように強い声を出した。自分の意思が、声にはっきり乗るように願う。

「俺は面倒がきらいで、他人とはなるべく関わりたくないと思ってきた。あんたに会ったばかりのころも、あちこち連れ回されるのがすごく億劫だった。あげくあんたはずっと喋ってるし、俺が黙ってると急に怒り出したりするし、機嫌も表情もころころ変わって、面倒なひとだなとしか思えなかった」

悪かったな、とわかばが片頬を膨らませた。

「でも一緒に出かけているうちに、だんだん、あんたのことを可愛いと思うようになった。

可愛くて、かわいそうで、見てるとせつないような気持ちになる。自分が、あんたのためにしてやれることがなにかあればいいのにって、思った」

自分は、本当に無口な人間だったのだとどこか他人事《ひとごと》のように思った。口の中が異様に乾く。嵐が察して、水の入ったグラスを出してくれた。一気に飲み干して一息ついて、また口を開く。

「あんたが外さないでくれと言った手錠を外したのは悪かった。とめることができなかったのも、俺が、……未熟だったせいだと思う。悪かった」

「──未熟？」

わかばが訝《いぶか》しげに首を傾げるので、これは言いたくないことだったが打ち明けることにした。

「……はじめてだったんだ」

「は、あ？」

わかばがギョッと声を跳ね上げる。

「はじめてって、なにが、まさか」

わかばに乗られるまでは童貞だった。正直にそう口にすると、わかばは愕然《がくぜん》と口を開けたまま硬直する。

「うそだろ、きみ、その容姿で……」

ジロジロと、物珍しげに頭のてっぺんから足元までを見られ、諒介は居心地悪くわかばから視線を逸らした。

「……だけど、そうか。最初の晩に腰を抜かしたのは、俺のチャームにあてられたせいじゃなくて、はじめてだったからなんだな」

なにを思い出しのか、わかばは合点《がてん》がいったというようにひとり頷いた。

「だけど、じゃあ悪かったな」

わかばが小さく苦笑いをする。

「なにが」

「はじめてが、男で、淫魔だなんて、いい思い出とは言えないだろう？」

これには諒介よりも先に、嵐がうんざりとしたようにため息をついた。

思い出だなんて、いままでの諒介の話を聞いて、なおかつそんな単語が出てくることが信じられない。

「はじめてだなんて爆弾発言するから、きみのその前の告白がリセットされたんじゃないの？」

嵐がひそひそとささやきながら、諒介の空のグラスに水を注いだ。

「わかば」

もう一杯水を飲み干して、わかばに向き直った。まっすぐ前を向いていたわかばは、諒介の、向かい合うまで話し出さない雰囲気に根負けしたように、ゆっくりと膝をこちらへ向けた。

「俺が好きだって言ってるのは信じてもらえないのか」

「そうじゃ、ないが」

「なら、いま俺は遠回しに振られているのか」

エッと嵐が声を上げて、慌てたように自分で口を塞ぐのが視界の端に見えた。そんな意外そうな声を出すようなことを言っただろうか。自分の告白が通じてないならともかく、通じていてこんなにかわされるのは、断られてると考えるのが普通だ。

けれど、目の前のわかばも紅茶色の目を大きく瞠って、まじまじと諒介を見ていた。諒介が眉をひそめると、わなわなと唇を震わせる。

「んなわけが、あるか……っ」

バン、とわかばの手がカウンターを強く叩く。

「なにを、偉そうに、俺のほうが、先に、きみのことを……！」

喘ぐようにわかばは切れ切れそう言って、はっと口を噤む。

「俺のことを？」

「……っ違う、なんでもない！」

わかばの頬と耳が、見てわかるほどに急激に赤くなる。喜怒哀楽の表現が大袈裟だとは思

っていたが、本人があらわしたくないかもしれない感情も一切隠せないのはいっそ不憫《ふびん》なくらいだ。わかりやすすぎる。

「あんた俺を好きなのか」

「ちがう……っ」

わかばも自分の顔が赤いことには気付いているのだろう。手の甲で忙しなく頬を擦る。子供みたいな仕種で、それをやっぱり、可愛いと感じた。

「だってそんなはずないんだ。淫魔のチャームもなしに、誰かが、ましてきみが、俺を好きになるなんて。――俺の好きな子が、俺を、好きだなんて」

泣き出しそうな、縋《すが》るような目が諒介を見る。自分のことを、わかばが「俺の好きな子」と言ったのだと思うと、胸の中で竜巻が発生したみたいな気分になった。

「そんな、作り話みたいな、奇跡みたいなこと、あるわけが」

諒介は、わかばの手首を摑んで引き寄せた。頬も耳も赤いのに、手繰《たぐ》った指先は冷たい。わかばの困惑と緊張がそっくり伝わって、自分まで胸が苦しくなった。

「証明する」

え？　とわかばが眉根を寄せて首を傾げる。

「あんたの言う、奇跡みたいなことが起こってるって、俺が証明する」

「……どうやって」

「今夜一緒に寝よう。俺があんたを抱かずに我慢できたら、信じてほしい」

「でも、俺が襲うんだぞ」

「頑張る」

そうとしか言えなかった。カウンターの中で嵐がこらえ切れなかったように噴き出す。

「よかったね、わかば」

わかばは拗ねたようにぷいとそっぽを向いたが、だめだともいやだとも言わなかった。なら、今夜が勝負になる。

もうだいぶ長いこと忘れていた、試合前の緊張感に似た感覚が、こんなときに戻ってくるのがおかしかった。


普段はTシャツに下着のみでベッドに入るわかばが、珍しく、長袖のパーカーとスウェットを着込む。諒介は、サイズの小さなジャージの上下をわかばに借りた。風呂と歯磨きを済ませて、二階の寝室へ上がる。お互いに無言でベッドへ上がって、なんとなく座って向かい合った。妙な感じだ。自分も、それからわかばもすごく緊張している。

「手錠はどうしようか」

わかばが訊ねるので「いらない」と断った。

「でも」

「この先ずっと、あんたを拘束して寝るなんていやだ。このままの状態で我慢できなきゃ意味がない」

この先ずっと、とわかばが繰り返して、ふわりと赤くなった。

本当は、絶対に我慢できる自信なんてなかった。淫魔かどうかなんて関係なく、好きな相手に誘惑されて揺らがない男なんていない。自分はいままでそういう衝動をまったく知らずにただ淡々と生きてきたけれど、だからこそ、一度知った魅力や快感には抗《あらが》いがたい。

けれど、今夜はどうあっても、かならず、理性を勝たせなければいけない。

おやすみ、と言い合って、明かりを消して横になる。普段の添い寝のときのようにわかばを抱き寄せることはできなくて、ふたりのあいだには不自然な距離が置かれた。それでも充分近い。諒介の視線のすぐ先に、わかばのきれいな瞳があった。

ゆるりと、いつもの甘い花の香りがする。ゆっくり吸い込むと、緊張がほぐれて眠気がひたひたと押し寄せた。このまま、朝まで眠れればいいのに。そう思いながら諒介は目を閉じた。

だけど当然、そんな簡単に済むはずがなかった。腹の上にのしりと乗られる感覚に目を覚ます。時計は見えなかったが、少しは眠ったのだと思う。目をしょぼしょぼさせながら開けると、自分を見下ろす紅いルビーの瞳が見えた。

「……わかば」

「どうしよう、やっぱりだめだ」

お互いに服は着たままだ。単に諒介に跨っただけの状態で、わかばはもどかしそうに腰を前後にグラインドさせた。はじめての夜、わかばにリードされて味わった快感をリアルに思い出す。淫らに腰を揺らすわかばは、本当にきれいだった。いまもきれいだ。

服越しにもわかるわかばの肌の熱が、腹筋に擦れるのがたまらない。ぷりぷりとやわらかく触れるのは性器の根元の膨らみだろうか。手を伸ばしてぐしゃぐしゃに揉んでやったら、どんな反応をするんだろう。

「あ…ッ、諒介……っ」

わかばは腰をくねらせながら、着込んだパーカーを脱ごうとする。裾《すそ》を握ってたくし上げようとする手を、諒介ははっと我に返ってとめた。するとわかばは熱い息をつきながら不満そうに諒介を見て、逆に手を摑み返してきた。

手首を摑んで引き寄せられ、パーカーの裾をくぐらされる。

「…………ッ」

しっとりと汗ばんだ脇腹に指が触れ、その吸い付くような極上の感触に、暗がりの中で視界がぶれる。塞《せ》き止めようとどう力を入れても、下半身に血が集まってゆくのをとめられない。てのひら全部を使って、塗り潰すようにして肌をまさぐりたい衝動が、臍の下で暴れまくった。

「わかば、だめだ」

死にかけのような声が出る。わかばも切羽詰まったようすで首を振った。

「いやだ、したい。なあ、お願いだから……っ」

腰を振るわかばの尻に、ぐんぐんと成長する自分の性器が当たる。

諒介は、たまらずわかばの肩を摑んで体勢をひっくり返した。両手を摑んでシーツに縫いとめ、今度は自分がわかばを見下ろす。濡れてキラキラと光るルビーの瞳が、熱い期待を込めて諒介を見た。

「だめだ、しないって、約束した。証明、するって」

なにもしていないのにゼイゼイと呼吸が荒くなる。わかばも肩で息をしながら、泣きそうに顔をゆがめた。

組み敷いた身体が震えながらせつなげによじられる。溜まった熱で身体がぱんぱんなのは諒介も同じだ。それでも、ここで折れるわけにはいかなかった。

「諒介……っ」

「だめ、だ」

「も、わかったから。わかった。きみは俺が好きで、俺もきみが好きだ。だから、」

わかばがとうとう本当に泣き出した。欲情して甘くとろけた表情で、涙を散らしてねだられて、気が変になりそうになる。花の香りがますます濃い。熱で意識がぼうっとなって、ぐらりとわかばの上に落ちそうになった。

「諒介、すき、おねがい……」

ぐっと諒介は、奥歯を嚙みしめて一度きつく目を閉じた。ふー、ふー、と乱れる呼吸を必死で整える。

「俺も、好きだ」

「だったら、」

「だからだ。——好きだ、わかば」

言い聞かすように、目を見て繰り返すと、わかばがしゃくり上げる息を苦心して飲み込もうとした。すん、と息が少しずつ落ち着く。

「きみは、ひどい」

睫毛を震わせて責められ、「そうか」と頷いた。

「こんなの、拷問みたいだ」

それには同意だった。

お互いがお互いを強烈に欲しいまま、とにかく朝まで待つしかない。はたから見たらこんな滑稽なことはないだろうと思う。だけど、わかばを好きで、求めているからこそ、絶対に今夜だけは耐えたい。

「寝てくれ、わかば」

「寝られるわけがないだろう、ばか。きみは眠れるのか」

「……無理だな」

そろそろと、わかばの隣に横になった。わかばの瞳はまだ興奮にチカチカと紅く、薄い胸が浅い呼吸に上下していたが、もう乗りかかってくることはなかった。ほっとして、布団をかぶりなおす。

冷たくなった布団がふたたび体温に心地よくあたたまっても、諒介にも、わかばにも、眠りは訪れなかった。


外がうっすらと明るくなってきたので、ベッドから出ることにした。時計を見ると、午前六時を少し過ぎたところだ。相変わらず冷蔵庫には、紅白のかまぼことさつま揚げしか固形物は入っていなくて、しかたなく、連れ立って近所のファストフード店に行くことにする。

二十四時間営業の店は閑散として、客席もうすら寒い。コートを着たまま向かい合って、朝のマフィンのセットをかじる。寝ていないせいか、わかばは半分ほどで「ごちそうさま」と食べるのをやめてしまった。

「食欲ないのか」

「俺の栄養は本当はこういうものじゃないんだ」

それはもうわかっていた。わかばが必要とするのは人間の精気だ。

昨夜、わかばが泣きながら求めてきたことを思い出して、気まずいような、申し訳ないような気分になる。わかばを好きだという証明のために自分が我慢してみせるのは当然のことはいえ、わかばを巻き込まざるをえなかったのはかわいそうだったかもしれない。

「……だけど、ありがとう、諒介」

え、と顔を上げる。

「耐えてくれてありがとう。きみの気持ち、充分伝わった」

わかばが穏やかに微笑んだ。

「淫魔の自分がきらいだった。普通の人間になりたかった。誰もこんな俺を好きにならないと思っていたんだ。だから、きみのことも信じることができなかった。……俺の態度は、きみを傷つけたよな。悪かった」

わかばからは、諒介をずっと拒絶していた、きりきりと張り詰めた雰囲気がきれいに拭い去られていた。目を合わせると、ふわりと甘く笑う。ああ、通じたんだなと思った。

ほっとして、諒介も頬をゆるめる。わかばはぱちりと目をまたたいて、それからクシャンとくしゃみをした。そして「さむい」と鼻をすする。

「諒介は今日このあとどうするんだ」

「いったん家に帰って、学校に行く。あんたは」

「会社に決まってるだろう」

ぼそぼそと短い会話をして、結局寒いのでそうそうにわかばのマンションに戻る。わかばがスーツに着替えて出社の支度を整えるのを待って、一緒に部屋を出た。

身体が重いし、頭はぼんやりするし、なにより朝の日差しが暴力的なまでに眩《まぶ》しい。それから寒い。

「本当に、地獄のような一晩だった」

わかばの低い呟きに、「俺もだ」と頷いた。

「だけど、悪い朝じゃないと思う」

諒介が言うと、わかばはちょっと黙って「そうだな」と言った。

「――わかば」

「なんだ」

「好きだ」

先を歩いていたわかばが、ぴたりと立ち止まる。戸惑う背中が可愛かった。

「……諒介、きみ、今晩暇か」

「暇だけど」

「なら、帰りに迎えに行く」

くる、と振り返ったわかばが、朝日を背負って諒介にびしりと人さし指を向けた。眩しく目を細める。

「今夜は絶対抱いてもらうからな！」

大音声《だいおんじょう》での宣言に、道をゆく人たちがギョッと目を向ける。おおむね全員が、あけすけな発言と見合わないわかばの美貌《びぼう》を二度見するが、当の本人は他人の視線などどこ吹く風だ。

「淫魔の本気を見せてやる、覚悟しておけ！」

大変な夜になりそうだと思いながら、浮き立つ気持ちをおさえられない。

けれど、淫魔とのセックスではなくて、恋人とのはじめての夜に高揚するのだと、わかばに伝わるだろうか。

「俺も頑張る」

生真面目に頷くと、わかばが声を立てて笑う。

最愛の恋人の笑顔は、朝日よりも眩しかった。

おはようのキスもしないで

『今夜は絶対抱いてもらうからな！』

と、威勢よく啖呵《たんか》を切ったのは自分だ。

寺本《てらもと》わかばは、今日何度目かわからないため息をついた。ちょうど信号が赤に変わったので、愛車のブレーキを踏んで、握ったハンドルに額を伏せる。

堂々と、なんという宣言をしてしまったんだろう。

好きな男が隣に寝ていて、彼も自分も興奮していて、でも絶対にセックスはしないという、なんの罰ゲームかというような地獄の一夜を乗り越えた。欲求不満と達成感。これはもう、今夜はなにがなんでも特別情熱的な夜を過ごさねばならないと、午前八時の朝日の中ではたしかにそう思ったのだ。

けれど、よくよく考えたら無理だった。

そもそも考えることからして無理だった。

仕事を定時で上がり、諒介《りょうすけ》を大学まで迎えに行く。いつものように隠寿司《おにずし》に行って、またたらふくウニを食わせてやる。そこまではいい。問題はその先だ。自宅マンションに諒介を連れて帰って、いったいどうしたらいい。

なにも想像できないのだ。これは、焦る。

自分はいままで、どんなふうに男に抱かれてきたのだろう。思い出せなくて途方に暮れていると、後続車がクラクションを鳴らした。信号がいつの間にか青で、わかばは慌ててアクセルを踏んだ。

「困った……」

わかばは基本的に禁欲的な淫魔《いんま》だが、ほんの一時期、かなり奔放に振る舞ったこともある。ちょうど諒介くらいの年のころだ。高校を卒業したばかりの妹がAV女優になると言ったとき、自分も、このままじゃいけないと思った。どんなに目を背《そむ》けようとしても自分は一生淫魔で、淫魔として生きるしかない。兄妹なのだから、しかも自分は兄なのだから、うらにできて自分にできないことがあるものか、という気持ちもあった。

それで、その筋の同性が集まる街に毎晩のように繰り出しては、誘われるままにホテルに入った。淫魔の特徴として顔立ちは整っているし、なにより人間を惹《ひ》きつけるチャームがある。相手に困ることは一度もなかった。

そのとき、「なるほど」とは思ったのだ。セックスをすると、本当にびっくりするほど体調がいい。身体《からだ》が軽く、頭もすっきりとして、肌《はだ》も瞳もキラキラと輝いた。疑っていたわけではないが、自分は本当に、人間の精気をなによりの糧《かて》とする淫魔なのだと自覚した。けれど、絶好調な身体とは裏腹に、気持ちのほうは徐々に落ち込んでいった。当時のちぐはぐな感じを、どう説明したらいいのかはよくわからない。身体は軽いのに気持ちが重い。

夜遊びは結局、一ヶ月も続かなかった。反動で半年ほど寝込み、実はわかばは大学を一年留年している。

それで悟ったのだ。自分はたぶん、淫魔としての根本的な要素が備わっていない。当時うららにも「わかちゃんは淫魔に向いてないんだね」と憐《あわ》れみの目を向けられた。淫魔に向かって「淫魔に向いていない」なんて、存在を全否定するような台詞《せりふ》なのに、わかばの心にその言葉は妙にしっくりとおさまった。

だからそれからは、妹とは逆の方向に開き直り、性的なこととは距離を置いてずっと生きてきた。

人間で言うところの、栄養失調のような感じでたまに体調を崩すことはあるが、無理にセックスをすることのほうが自分にとっては精神的な負担になる。身体の不調と心の不調を天秤《てんびん》にかけて、わかばは前者を受け入れることを選んだのだった。

諒介の通う大学が見えてくる。広い敷地を囲むコンクリートの壁沿いに車を走らせながらわかばはウンウンと唸《うな》った。

その、無茶をしていた時期のことは、ほとんどなにも覚えていない。相手の顔も名前も、通っていたバーやホテルの名前も内装も場所もだ。けれどおそらく淫魔の本性のままに、誰彼構わず場所も問わず、本能任せで好き放題に振る舞ったのだろう。

だって、相手にどう思われようと構わなかった。どうせ二度と会わないかもしれない人間だ。貪欲すぎて引かれても、ムードのなさに眉《まゆ》をひそめられても、なんとも思わなかった。

心でどう思おうと、最終的には誰もがわかばのチャームに逆らえず屈服するしかないのだ。

だけど諒介は違う。

自分がすること、それこそ一挙手一投足を、諒介がどう思うのかが心配で不安でしかたない。諒介はわかばを好きだと言ってくれたが、やっぱり恋人としては卑猥《ひわい》すぎて無理だとか、そもそも存在が不道徳だとか、そんなふうに思われたらもう立ち直れない。

「……無理だ」

いつも車を停める正門の前でブレーキを踏めず、わかばの運転するミニクーパーは大学の外周を三周し、四周目に無理矢理Uターンをして、来た道を戻る。いったいなにをやっているんだと自分でも思うが、とにかく無理だと、その気持ちばかりが先に立った。

無理だ。諒介と――好きな相手とセックスをするなんて、そんなのは、もっと心の準備というものが必要だ。今夜しようだなんて、そんな簡単な話であるわけがない。

長いこと、うろうろと無意味に車を走らせる。自宅はだめだ、隠寿司もだめだと、気がつけば諒介から身を隠すことばかりを真剣に考えていた。結局わかばは、妹の住むマンションの近くのコインパーキングに愛車を停める。

チャイムも鳴らさずに部屋に入ると、天蓋《てんがい》つきのベッドでゴロゴロと雑誌を眺めていたうららが顔を上げた。

「いらっしゃい、わかちゃん」

「鍵、開いてたぞ」

女の子のひとり暮らしなんだから気をつけろ、と言っても、うららはいつものように「そうだね」と頷《うなず》くものの真面目《まじめ》には取り合わない。万が一暴漢の類《たぐい》が入ってきたとしても、どうとでも対処できるつもりでいるのだろう。わかばと違い、うららはかなり濃く母の血を受け継いでいる。誘惑して精気を吸い尽くして放り出すくらいのことは軽々とできるのだ。

「なにしに来たの？」

うららの率直な問いに、わかばはうっと言葉に詰まる。

「べ、べつに」

わかばが顔を背けながら答えると、うららはくすりと笑った。

「ベツニ、だって。諒介くんみたい」

突然、諒介の名前が出てきたのでどきりとして、わかばは吸った息にむせて咳《せ》き込んだ。

うららが「やだ、どうしたの」と雑誌を閉じて紗《しゃ》のカーテンから出てくる。

「いや、へいき、なんでもない」

「諒介くんとなんかあったの？」

鋭い突っ込みに、ますますむせる。キャラクターの着ぐるみのようなパジャマを着たうららが寄ってきて、下からわかばの顔を覗《のぞ》き込んだ。

「なんかとか、そんな、なんで」

「諒介くんが添い寝のバイト辞めたの知ってる?」

「それはその、えっと、俺は」

うららが呆《あき》れたように肩を竦《すく》めてため息をついた。

「わかちゃんって、かわいそうなくらい隠し事できないよね」

わかった、ごめん、となぜかうららが謝り、キッチンに立った。やかんを火にかけたので、お茶でもいれてくれるのだろう。

「なんとなく想像はついてるんだ。わかちゃん、諒介くんと付き合うんでしょ? だから諒介くんは添い寝屋辞めちゃったんだよね?」

「おまえはエスパーか探偵か?」

「淫魔だよ」

うららの答えに、わかばは違う意味で落胆して「そうだよな」とため息をついた。

自分も妹も、エスパーでも探偵でもAV女優でもサラリーマンでもなく、ましてや人間でもない。淫魔なのだ。

自分でそう思い、自分で落ち込む。

人間じゃない。

淫魔であることを受け入れることと、純粋な人間ではないことを受け入れることは、似ているけれど少し違う。別の種類の生き物だということはつまり、人間と淫魔なんて、犬と猫ほど違う。

「犬と猫は付き合わないんだ……」

「わかちゃんはばかなの？」

マグカップをふたつ持ってうららが戻ってくる。わかばはうなだれながら、差し出されたジンジャーティーをひと口飲んだ。

真っ赤なテーブルに向かい合っていると、ふいに、スーツのポケットでスマートフォンが振動した。びくっと身体を揺らしたわかばを、うららがちらりと見てくる。静かな部屋にブーブーと振動音が響いているので、電話がかかってきていることはうららも気付いているだろう。

わかばが動けずにいるあいだに、振動はとまってしまった。がっかりするような、ほっとするような気持ちが同時に湧き上がる。するとまたすぐに、振動がはじまった。

「……出ないの？」

「…………」

黙っていると、スマートフォンはまたとまり、また震えた。諒介が、不愉快の表情を隠しもせずにいらいらと電話をかけたり切ったりする姿が浮かんで、ちくりと胸が痛む。

「ねえ」

「いいんだ……」

「諒介くんじゃないかもしれないよ」

「――――」

もっともな指摘に、わかばは愕然《がくぜん》と目を瞠《みは》った。

「会社とか、パパとかかもしれないじゃん。相手の確認くらいしなよ」

感情で動くわかばと違い、妹はあくまで冷静だ。言われてみればそのとおりで、わかばはポケットからスマートフォンを取り出した。すると、画面を確認するよりも先に、手から小さな端末が消える。

「やっぱり諒介くんだ」

うららが、わかばから奪ったスマートフォンを勝手に操作して、「もしもし」と電話に出た。

「うん、うらら。久し振り、諒介くん。――ううん、いいよ、なんとなく事情はわかったから。――うん」

わかばが手を伸ばしても、うららは身軽にかわして喋《しゃべ》り続ける。

「そうだよ、うららのとこにいる。――いいよ、おいでよ、待ってるね」

「うらら……！」

「わかちゃんはねー、ちょっとばかなんだよね。――え？　あ、そうなの？」

きゃらきゃらとうららが笑う。いったいなんの話をしているのだろうか。電話の向こうで、諒介はどんな表情をしているんだろう。楽しそうに笑っているのならこんなに悔しいことはない。

「うらら、ずるいぞ……っ」

涙目で訴えると、うららはきょとんと目を瞠った。

「え？ ——うん、わかちゃん。なんて言ったか聞こえた？ ずるいぞだって。さんざん着信無視しておいてなに言ってんだって感じだよね。——へ？ やだー、もー。諒介くんってそういうこと言うタイプじゃないと思ってたー」

わかばが悶々《もんもん》と見つめていると、うららはニイと笑って、スマートフォンを返してよこした。ずるいとは言ったものの、実際自分が諒介と電話で会話ができるかといったらそれはまたべつの話だ。

困って手のうえのスマートフォンを見下ろしていると、またうららが手を伸ばしてきたので、慌てて身をひるがえす。

「も、もしもし」

おずおずと呼びかけると、諒介からは「ハー」と深いため息が返ってきた。

「諒介、その、悪い」

『迎えに行く』

「いや、あの、」

『行く。待ってろ』

もともと諒介は口数の多いほうではないが、これは明らかに怒っているなあと感じる。けれど、当たり前だ。今夜抱いてほしいから迎えに行くと言ったのはわかばのほうだ。それを連絡もなしにすっぽかして、着信も無視して、諒介の気分がよくなるはずもない。普通は腹を立てる。逆の立場なら自分はもっと喚《わめ》き立てているに違いなかった。

ごめん、とわかばがもう一度謝ると、諒介はまたため息をついて「いい」とだけ言って電話を切ってしまった。怒っている諒介がやってくると思うとすぐにでも逃げ出したくなったが、そんなことをしてもさらに失望されるだけだと思うと動けない。

おとなしく待っていると、十五分ほどでチャイムが鳴った。うららが玄関に出て、諒介を伴って戻ってくる。走ってきたのか、諒介は息が荒い。迎えに来ないし電話にも出ないわかばを探してくれていたのは一目瞭然《いちもくりょうぜん》だった。

「……わかば」

「反省してる」

毛足の長いラグマットのうえに正座をして、わかばは神妙な顔で先手を打った。諒介は出鼻を挫《くじ》かれたのか、むっつりと押し黙る。

呆《あき》れ顔のうららに、脱いだコートを着る余裕もなく追い出される。外の廊下でコートに腕を通すわかばを、諒介はじっと待ち、歩き出すと黙ってうしろをついてきた。コインパーキングに入れていた車のロックを外すと、「車」と諒介が呟《つぶや》く。

「なに？」

「今朝、電車で出勤しただろう」

わかばは頷いた。いつもはマイカー通勤だが、今朝はぼんやりしたまま諒介と並んで駅まで歩いてしまい、久し振りに電車で会社へ向かったのだった。

「一度家に帰って、車を取ってきたんだ」

そのときまでは、一応諒介を迎えに行くつもりはあったのだ。それを諒介も察したようで
「そうか」と少し雰囲気をなごませる。

助手席に諒介を乗せて、アクセルを踏んだ。迷って結局、隠寿司に行き先を決める。

わかばが喋らない車内は静かだ。自分はずいぶんお喋りだったんだなと思う。反応を求めたときに、諒介がしばしば疲れたようにしていたのもわかる気がした。案の定、隠寿司でも嵐《あらし》に「今日のわかばはずいぶんおとなしいんだね」と言われた。「俺にも静かなときくらいある」と言い返したが、嵐は「そうかな」と肩を竦めるだけだ。

ぎくしゃくと静かに食事を終えて、また車に戻った。

「……行きたいところはあるか？」

「べつに」

諒介の答えはいつもと変わらずクールなものだ。たぶん、どこに連れて行っても、呆れはするだろうが拒否はしないだろう。面倒を極端に厭《いと》うが、いっぽうで、彼は基本的にとことと

んやさしい人間だ。

好きだなあと思ったら、自然と自宅マンションへハンドルを切っていた。

駐車場に車を入れてふと横を見ると、諒介はうとうとと頭を揺らしている。昨夜は、ふたりともほとんど眠っていない。そのうえ諒介はわかばに振り回されて疲れきっているに違いなかった。

部屋に招くと、諒介はまだ眠たげに目をしょぼしょぼとさせて、「悪いんだが」と言った。

「疲れた。眠い」

察してあまりあったので、わかばは大きく頷いた。

「風呂《ふろ》は？」

「もらう」

促すと、諒介は覚束《おぼつか》ない足でバスルームに向かう。

「きみ、大丈夫か」

走ったのなら、足の古傷が痛むのかもしれない。いまさらそれに思い至って、心配であとをついていくと、諒介は服を脱ぎながら「大丈夫だ」とわかばの頭を撫《な》でた。きっと甥《おい》っ子《こ》の恵太《けいた》にいつもそうしているのだろう。自然で愛情深い仕種《しぐさ》だった。

「あんたが見つかって安心したら、急に眠くなった」

飾りのない言葉がジンと胸に染み入る。わかばが「ごめん」ともう一度謝ると、諒介は「いや、いいんだ」と首を振って、バスルームの戸を閉めた。

諒介と交代でわかばもシャワーを浴びて、寝室へ上がった。

普段どおりを装っているが、心臓はどきどきと逸《はや》って痛いくらいだ。このまま諒介に抱かれたりなんかしたら、爆発して死ぬかもしれない。

だけど死んでいる場合でもなかった。自分は淫魔だ。セックスが本業だ。だから、するのなら絶対に満足させたい。どうすれば諒介に自分の身体を気に入ってもらえるだろうと考える。どう振る舞えばもっと好きになってもらえるだろうか。

——違う、本当に一番気になっているのは、どうしたら諒介に幻滅されないかだ。

ひや、と背中が冷たくなって、わかばはベッドの前で足をとめた。まごつくわかばに、諒介が首を傾《かし》げる。

「いや、なんでもない、平気だ」

わかばの答えに諒介は軽くため息をついて、先にベッドに上がる。それから、こちらに向かって手を差し出した。

覚悟を決めるしかないと、わかばが差し出された手に指を乗せると、諒介は「違う」と眉をひそめた。

「違うって、なにがだ」

「手錠」

は？　とわかばはまじまじと諒介の顔を見る。

「手錠、どこかにしまってるんだろう？」

訊《たず》ねられ、ベッドの脇のチェストにしまってあった手錠を出して渡す。「ほら」と促されてついベッドに乗って両腕を差し出すと、諒介は淡々とした手付きでわかばの両手を背中で拘束した。不自由になった身体を抱き寄せられ、布団《ふとん》をかぶせられ、寝室の明かりが消える。

「……諒介？」

「なんだ」

「ええと、……おやすみ？」

「おやすみ」

諒介は、頷いて目を閉じた。ゆっくりと呼吸する諒介を、わかばは呆然《ぼうぜん》と見つめる。

寝るのか。本当に？

どくどくと、わかばの心臓はまだ身体が揺れるほどに大きく鳴っている。息を潜めてようすを窺《うかが》っていると、諒介は目を閉じたまま「どうした」とささやく。

「いや、どうしたって、だって」

「拘束していれば眠れるんだろ？」

それは、諒介の言うとおりだ。

「……だけど、不思議だな。拘束していれば眠れて、外すと人を襲うっていうのはどういうことなんだ？」

　いまさらのように問われて、わかばは「それは」と口を開いた。

「これが、ただの手錠じゃないからだ。これは俺の邪悪な力を抑制することができる、特別なアイテムなんだぞ」

　黒い革の手錠は、チャームが効かない添い寝屋を呼んだと報告したわかばに、嵐が「じゃあ、わかばのほうが気をつけなきゃね」と言ってプレゼントしてくれたものだ。どこから来たどういうものなのか知らされていないが、夜の興奮を抑える効果があるのはたしかだった。

　邪悪、と諒介は若干うんざりしたような声を出す。

「つまり、それで拘束されていればあんたも寝られるってことで間違いないんだな」

　あくびを噛《か》み殺しながらの確認に、「そうだ」と頷いた。「そうか」と答えた諒介の語尾が小さく掠《かす》れて聞き取りづらい。もう半分眠りかけているような声だ。

「ならいい。おやすみ」

　相当眠いのだろう。そもそも彼は普段から、この年頃の男の子にしてはやたらと早寝だ。小さい子供が家族にいるせいだろうか。可愛《かわい》いなあと思い、眠りつくまで撫でてやりたくなるが、残念なことに自分は両手を拘束されている。

「わかば」

「うん？」

「……俺はあんたのこと、邪悪だなんて思ったことはない」

とろとろと、曖昧《あいまい》に崩れた声で諒介が言う。どきりとして、わかばは目を瞠った。

「諒介……」

じゃあきみは、俺をどんなふうに思ってくれているんだ？

こっそりと、聞こえないくらいの小さな声で問いかけた。すると諒介は、鬱陶《うっとう》しがるようにして短く呻《うめ》き、ひとこと、「かわいい」と口にする。

「…………っ」

ぽん、と、ポップコーンが弾《はじ》けるみたいに体温が上がった気がした。諒介につられて訪れかけていた眠気が一気に消える。

「諒介、諒介……！」

「うるさい」

「やっぱりしよう！　いますぐ！」

「しない。眠い」

「でも！」

「寝ろ」

拘束されたわかばが、不自由な身体でもぞもぞと暴れると、諒介はうるさがってわかばに背中を向けてしまう。だけど、つれない態度にますますわかばの気持ちは高まった。

諒介には、わかばのチャームが本当に、間違いなく効いていない。いまこの瞬間も、わかばのことを面倒でうるさいと思っている。なのに、それでも、淫魔である自分のことを、彼は「可愛い」と思ってくれているのだ。これが嬉《うれ》しくないわけがない。

「諒介」

あたたかい背中に、わかばはこつんと額をつけた。もう眠っているのか、寝た振りをしているだけなのか、返事はない。

「……しあわせだなあ」

恋人と、ただ寄り添って眠る。ささやかで、だけどわかばにとってはこのうえなく幸せなことだった。

翌朝は、目が覚めたら十一時だった。寝すぎて頭が痛いし、なにより、背中で腕を拘束されていたせいで、身体がギシギシと悲鳴を上げる。諒介に手錠を外してもらっても、しばらくは動くことができなかった。

けれど、頭痛があってもなお、睡眠は偉大だと実感する。

目が大きく開いて視界が広い。映る色も鮮やかだ。

諒介が「腹が減った」と言うので、着替えて近くのファミリーレストランへ入った。淫魔は食事はしてもしなくても大丈夫だけれど、食べたほうが見た目が人間らしくなる。一時期食事をしないでいたら、肌がしっとりかがやき、瞳は日常的に赤い、人間離れした姿になった。それ以来、空腹を感じなくても意識してなにかを食べるようにしている。

「きみはたくさん食べるな」

「普通だろ、高校のころはもっと食ってた」

ひとが食事をしているところを見るのは好きなので、エビグラタンをつつきながら諒介を眺めて楽しんだ。特別行儀がいいわけではないが、食べかたはきれいだ。小さいころに事故で両親を亡くしたと聞いているが、年の離れた姉のしつけがいいのだろう。一度会わせてもらった彼の甥っ子も、人懐っこくていい子だった。

「恵太は元気か」

訊ねると、諒介は食事の手をとめて頷いた。

「あんたのことが気に入ったみたいだ。たまに、わかちゃんは遊びに来ないのかって訊《き》く」

「そうか。嬉しいな」

わかばが頰《ほお》をゆるめると、諒介がじっとこちらを見た。観察をするような、わかばの表面でない内側を見たがるような目だ。首を傾げると、ふいっと目を逸《そ》らされてしまう。

「諒介?」

「べつに、なんでもない」

先手を取って質問を拒絶され、わかばは口を噤《つぐ》んだ。

たっぷり寝て視界が広がったせいだろうか。諒介のようすがいつもとは違うように見える。なにがどう違うのかはわからなくて、違和感だけが、喉《のど》に刺さった魚の小骨のようにちくちくとわかばを刺した。

「今日は、これからどうする？」

気を取り直して訊ねると、諒介はまた「べつに」と言った。「べつに」は彼の口癖だ。わかばはこれを、「あんたの好きにしていい」という意味だと解釈している。

ふたりがいるのは窓際の席で、ガラス窓の外は気持ちよく晴れていた。

「外で遊びたいな」

青空を見てわかばが言うと、諒介は「寒い」とぼやく。

「でも、せっかくこんなに天気がいいし、俺も気分がいいんだ」

わかばが言い出したらきかないことは、そう長い付き合いでもない諒介も理解しているらしい。あきらめたように頷くので、わかばはスマートフォンで行き先を探す。

結局その日は、テニスをすることにした。入会したジムにも最近は行ってなかったので、運動をするのは久し振りだ。やっぱり身体を動かすには体力が必要だと実感する。それに、スポーツをしている諒介は恰好《かっこう》よかった。彼もわかば同様テニスは初心者だが、身のこなしがきれいで、スポーツに対する勘がすこぶるいいのがよくわかる。

「きみは本当に恰好いいな」

惚《ほ》れ惚《ぼ》れとしてそう言うと、諒介は居心地の悪そうな表情をした。褒められ慣れていないふうなのが意外だ。諒介も、雑踏に置いておけばわかばほどではないにしてもそれなりに目立つ。サッカーで全国大会に出たというのだから、高校時代だってきっとかなり人気があっただろう。

「……きみに愛想がなくてよかった」

「は？」

「そうやっていつも不機嫌そうにしてるから、女の子も近寄ってこなかったんだろう？　そのおかげで、きみのはじめては俺がもらえたんだと思うと、きみが無口で本当によかった」

「………………」

わかばがしみじみ嬉しさを噛みしめると、諒介の顔はますます不愉快そうに険しくなった。顔立ちはたしかに厳しいけれど、ただ、彼には荒れた雰囲気が少しもない。よく見れば気付きそうなことなのに、誰もが揃《そろ》いも揃って見る目がないなあと思う。だけど、目ざとい人間がいなくて本当によかった。

長い運動は諒介の膝が心配で、休憩を挟みつつ二時間ほど遊んで帰途につく。諒介の自宅マンション前に車を停めるとちょうど、午後五時を知らせる音楽が鳴り響いた。空は暗いがまだ夕方だ。この解散時間はまるで小学生だと思うと名残惜《なごりお》しかった。けれど、なんとなく引きとめる言葉は出ていかなかった。こんなのは自分らしくない。ずっと自分は、諒介の機嫌や気分などお構いなしにあちこちに連れまわしていたのに。

「じゃあ、また」とわかばが運転席から手を振ると、諒介も「ああ」と頷いて手を上げた。

認めたくないが、自分たちはぎくしゃくしているのだ。

帰り道の、ひとりの車の中でわかばは思う。

淫魔のチャームに左右されない恋人ができて、自分は幸せだ。諒介と過ごす時間は楽しい。諒介がわかばを面倒がるのも出かけるのを億劫《おっくう》がるのもいつものことで、それはわかばへの気持ちとは関係ない。

彼が必死に自分への気持ちを証明してくれたのは二日前の夜のことだ。さすがにそれを疑うほどばかじゃない。けれど昨日の一晩で、なにか、諒介のなかに変化があったことだけは間違いないように思う。それがなんなのかがわからないから歯がゆい。

幸せで、ばら色で、浮かれていて、だけどほんのりと心配ごとがある。

それなのに、ふふ、とわかばはひとり小さく笑った。

心配もいっそ楽しい。なるほど、これが恋愛というものだ。

次の金曜日に、わかばは愛車を諒介の大学へ向けた。迎えに来た、とメールを送ると、諒介からは「冬休みだ」と返事が来たので愕然とする。冬休み。どうりで正門前の人通りが極端に少ない。脱力していると、「これから行く」と諒介からさらに返信があった。どこかで落ち合うことにしてもよかったが、せっかくなので待つことにする。そわそわしていると、四十五分ほどで運転席の窓ガラスが叩《たた》かれた。

車道に回って、諒介が助手席に乗り込んでくる。わかばは、危ないから次は右ハンドルの車を買おうと思いながら「ひどいじゃないか」とまったく怒っていない口調で諒介を責めた。

「とんだ無駄足だ。いいなあ大学生は冬休みがあって」

「悪かった」

潔く謝ってもらえたので、この話はそれで切り上げた。諒介がわざわざ「何日から何日まで冬休みです」とわかばにまめまめしく報告をするほうが想像できないからいいのだ。自分だってもうすぐはじまる年末年始の休暇の日程を伝えていない。

なにか食べたいものがあるかと訊くと、いつもは「べつに」な諒介がめずらしく「肉」と言うので、ステーキハウスへ連れて行った。諒介は通常より大きなサイズのステーキと、わかばが残したハンバーグを食べて、ライスはおかわりまでした。食欲旺盛なのはいいことだ。

「肉が好きなのか。可愛いな」とわかばが微笑《ほほえ》むと、諒介はまた居心地の悪そうな顔をする。

店を出て、「泊まってくだろう?」とわかばが自分の自宅に車を向けたときも、諒介は妙な顔をした。眉をひそめて、まじまじとわかばの横顔を見る。運転中で、わかばのほうは諒介を見ることはできなかったが、視線は長々と頬に突き刺さった。

部屋に着くと、諒介は「風呂に入ってくる」とまるで自分の家のようにバスルームに足を向けた。「一緒に入るか？」と軽口を叩くと、諒介は振り向いて、呆れたように目を細める。そしてため息をつくと、無言で脱衣所の戸を閉めた。

なにか言いたいことがあるのかもしれないと思ったが、問い詰めるのもおかしい気がして、そのままにしてしまう。本当になにかあるなら、諒介のほうから言ってくるだろうとも思った。彼は無口だが、いっぽうで率直で、言いたいことを我慢するタイプでもない。

寝室では、わかばがなにか言うよりも先に、当然のように手錠で拘束された。

「最初のころは、いつもいやいやだったのにな」

知り合ったばかりのころは、わかばが手錠を渡すたび、諒介はあからさまに「本意ではない」という顔をした。たしかに、そういう趣味でもない限り、手錠で拘束された男の隣で寝るのは気分のいいことではないだろう。

けれどそんな諒介も、いまや立派に、すすんでわかばを拘束するようになった。

「べつに、いまだってこんなのしたいわけじゃない」

むっつりと諒介が答えて、わかばを抱えて横になる。彼はいつも、後ろ手に拘束されたわかばが少しでも苦しくないようにと体勢を慮《おもんぱか》ってくれる。諒介の肩に頭を乗せると、間近に呼吸が迫ってどきりとした。

「……したいわけじゃない？」

遅れて反応すると、諒介はじろりとわかばを睨む。不機嫌な諒介に、わかばはぱちりと目をまたたかせた。

「だけどあんたはこうしてほしいんだろ」

諒介の、拗《す》ねたような声をはじめて聞いた。わかばは驚いて、また忙《せわ》しなくまばたきを繰り返す。

「諒介？」

「もういい。おやすみ」

完全に不貞腐《ふてくさ》れたように諒介はふんと鼻を鳴らして目を閉じてしまう。そのあとは、いくらわかばが声をかけて揺すっても、頑として目を開けてくれなかった。

翌日は、先週ほどは眠らなかった。それでも起きたのは十時だ。ブランチのために少し足を伸ばそうかと相談していると、諒介のスマートフォンが鳴り出した。「姉からだ。出てもいいか」と訊ねるので「もちろんどうぞ」と答えてテレビの音量を下げる。画面に表示されていたのは姉の名前だったが実際電話をかけてきたのは甥の恵太だったらしい。相槌《あいづち》を打つ諒介の声がいつもより高くやわらかいのが微笑ましい。

電話を切った諒介が「帰る」と言うので、玄関で見送った。

残念だがしかたない。諒介が恵太を可愛がっているのはよく知っているし、三歳の子供と張り合うのもおとなげなかった。

玄関で靴を履いて、諒介はドアを開ける前にわかばを正面からじっと見た。やっぱりなにか言いたげだ。首を傾げてやんわりと促すが、諒介は警戒心の強い野生の動物のようにじっと黙ってわかばを見つめるだけだった。

「……どうした？」

「べつに」

ぷい、と顔を背けられると、まるで自分の察しがひどく悪いと責められているような気分になる。

困惑して眉を下げたわかばに、諒介はなにも言わずに玄関を出て行った。取り残されたわかばは、頭をかきながらため息をついてその場にしゃがみ込む。

自分たちはうまくいってる。心配すら楽しい。

——能天気にそんなふうには言っていられないような気がしてきていた。


「わかばはばかなんだねえ」

同情の目でしみじみとため息をつかれ、わかばはむっとしてカウンターの向こう側の嵐を睨《にら》んだ。

「失礼だな」

「だって、いくらなんでも諒介くんが不憫《ふびん》だよ」

ため息に、わかばはむすっと頬を膨らませる。そうだった。嵐はどういうわけか、わかばと旧知のくせに、ふたりのこととなると全面的に諒介の味方なのだ。

「あからさまにセックスを拒否するくせに、可愛いとかニコニコされて、諒介くんのプライドが傷つかないとでも思うの？」

「……え？」

わかばが眉をひそめると、嵐はますます大きなため息をこれ見よがしに聞かせた。

「彼だって男の子なんだよ。わかばの都合でいいように振り回されて楽しいわけがない。ストレスも欲求も溜《た》まるだろう。かわいそうにね」

「俺は、そんなつもりじゃ」

わかばの反駁《はんばく》に、嵐が肩を竦める。

「子供同士ならそういうすれ違いも微笑ましいんだろうけど、もう少し年長者の自覚を持ったらどうかな？　稚気もわかばの魅力なんだろうけど、そればかりじゃ諒介くんだって困ると思うよ」

口ぶりは穏やかだったが、辛辣《しんらつ》な内容がぐさぐさとわかばの胸に痛く刺さる。

嵐と話したせいで、ますます落ち込んだ。

肩を落としてマンションに帰ると、玄関前に人影がある。エレベーターを降りたわかばを認めて、寄りかかっていた玄関から背中を離したのは諒介だった。

「諒介……！」

びっくりして、わかばは諒介に駆け寄る。

「どうしたんだ。来るなら言ってくれればすぐ帰ってきたのに」

鍵を開けて中へ促しながら言うと、諒介は決まり悪そうにわかばから目を逸らし「べつに」と言った。普段からうわついたところはない諒介だが、今日はいつにも増して深刻げだ。思えば先日から、なにか言いたそうにしていた。

わかば、と諒介に呼ばれる。「座れ」と言うので、L字型のソファに腰《こし》かけた。もう一辺に諒介が座る。

年長者なんだから、という嵐の言葉がよみがえって、わかばはにわかに緊張した。唐突にひゃっと背筋を伸ばしたわかばを見て、諒介が不思議そうに首を傾げる。

「どうかしたのか」

「いや、その……。年長者として余裕のある態度をと思ったんだが」

どうしたらいいのかわからなかった、とわかばがうなだれると、諒介は呆れたように目を眇《すが》めた。

「あんた、社長なんだろ」

「そうだけど、それとこれとは違う」

大学生からしてみたら、社長なんていう肩書きはさぞかし立派に映るのだろう。わかばは一応社長だが、まだ現役である父とベテランの社員にだいぶ甘えている。

「俺はそんな立派なもんじゃないんだ」

わかばはしょんぼりと、ますます肩を小さくした。

「べつに、あんたを立派だと思ったことはない」

「……きみな」

「わかば」

文句を言おうとしたのを遮られる。

「ちゃんと、話をしないといけないと思うんだ」

真正面からの提案に、わかばは目を瞠った。

「話？　きみが？」

言葉を駆使するほうではない諒介が、話をしようと提案してくるのが意外だった。わかばに「話せ」というのならまだわかる。けれど、「話をしよう」と言うからには、諒介も、口を開いてくれるつもりがあるということだ。

自分が話して理解してもらいたいことよりも、諒介が、なにを話してくれようとしているのかが気になった。わかばの、興味津々《しんしん》のそわそわした態度に気付いたのか、諒介は面倒そうに息をついた。

「姉に、叱《しか》られたんだ」

「お姉さんに」

繰り返すと、諒介は決まり悪そうにわかばから目を逸らす。たぶん、諒介にとって一番大事なのは姉と甥――家族だ。それでも、家族の話をするときには居心地悪そうにするのが、そういう年頃の男の子らしくて可愛い。

「不貞腐れていればなにが不満なのか察してくれるのは、あんたを育てたわたしだけだ、他人にそれを要求するのはおかしい、って」

諒介の姉には会ったことがないが、なんとなく、人となりはわかるような気がした。諒介がむっつりと黙っているだけで、機嫌もわかるし、なにを要求しているのかもわかる女性なのだろう。

「いいなあ、かなわないなあ」

つい、しみじみと呟いた。彼を育てた姉と、対等な勝負ができるとは思わない。だけど、わかばだって、諒介のことを知りたいし、わかりたいのだ。

「わかば。俺が、なにも言わなかったのが悪かったのか」

「え？」

「あんたがよく喋るから、俺はそれに甘えていたと思う。そういうのが、いやだったのか」

諒介が、悔いるように顔をゆがめるので、わかばは慌てて「違う、そうじゃない」と言い募った。

「きみに不満なんかない。違うんだ。俺が、その、」

言いづらくてわかばがいったん言葉を切ると、諒介は生真面目に身を乗り出した。そんなふうに耳を傾けられると、ますます言いにくくなる。それほどのことではないのは、わかばが一番よく知っているのだ。

「……恥ずかしくて」

自分でも聞いたことのない、蚊の鳴くような声しか出なかった。

情けない。でも、これがわかばだった。淫魔のくせに、好きな相手の前ではばかみたいに臆病《おくびょう》だ。

「恋人ができるのははじめてなんだ。俺が好きで、俺を好きな人に抱かれたことがない。……どうしたらいいのかわからなかったんだ。どうすれば、きみが喜んでくれて、俺をもっと好きになってくれて、この先も、好きでいてくれるのか」

「わかば……」

「おかしいよな、きみとするのははじめてじゃない。俺の浅ましいところをもうきみにはとっくに見られているのに、でも、それでも、あのときとは違うと思うんだ。同じようにはできない。あんな、立派な、淫魔のようには」

おかしなことを言っていると思う。諒介の困惑が手に取るようにわかった。

「嵐には、年長者の自覚を持てと言われた。だけど俺にはたぶんできない。いまだってきみを困らせてる。うららも嵐も俺をばかだって言うし、俺も自分はばかだと思う。……きみもそうだろう？」

ほろほろと涙がこぼれて、わかばはすんと鼻をすする。

俺は、と諒介が立ち上がった。呆れて、帰ってしまうのかとひやりとする。けれど諒介は、わかばの前に静かに膝《ひざ》をついた。俯いた顔を覗き込まれる。

「あんたはばかじゃない。……俺も同じだ」

諒介の指が伸びて、遠慮がちにわかばの目元を拭《ぬぐ》った。びっくりして涙がとまる。

「――同じ？」

「俺も、どうしたらいいのかわからなかった。あんたは淫魔で、でもずっと、そういうことをしたくないと思って生きてきたんだろう？　だから、俺は、あんたを抱かないことでしか、あんたを好きだと証明できないのかもしれないと思った。あのとき今夜は抱けと言ったのも、俺に気を遣っただけで、あんたは本当はしたくないんだと考えたほうが納得できた」

「そんなこと……っ」

「でも、それでもよかったんだ。あんたが普通に眠れて、笑えるのが一番いい」

そうかと、やっと理解する。諒介がわかばを拘束したのは、面倒がったわけでも、したく

なかったわけでもない。それが諒介の、臆病と、思いやりだったのだ。

「諒介」

好きだからするのがこわいし、好きだからしたい。ふたり揃って、うぶすぎて笑ってしまう。しかも自分は淫魔なのにと思うとますますおかしかった。半分泣いたまま、はは、と笑い出したわかばに、諒介が不審がって首を傾げた。

「いや、悪い。なあ諒介、……それでもきみは、俺を好きでいてくれるのか？」

『それでも』の中には、わかば自身もうんざりするくらいたくさんの引き算の要素がある。「淫魔でも」「淫魔なのにじょうずに誘惑ができなくても」「年上でも」「年上なのに、それらしく振る舞えなくても」

「当たり前だ」

面倒くさがりの諒介は、それでも、こんな自分を好きでいてくれるんだろうか。

声ははっきりと、迷いなかった。

泣き笑いのわかばに諒介の腕が伸びる。腕を回してそうっと抱き寄せられ、わかばはたまらず諒介の頭を強く胸に抱きしめた。

「諒介、大好きだ」

ああ、と諒介が頷き、それから迷うような一拍のあとに「俺もだ」と言った。もっと、とねだると、さらに迷ってから「好きだ」と小さく答えが返ってくる。

「それならいいんだ」

諒介が、ありのままのわかばを好きでいてくれるなら、もうこわいことなんかなかった。

「ベッドに行こう」

ムードもなにもない誘いかたに、諒介はなにか言いたそうな顔をして、それでもわかばが手を引くとおとなしくついてきた。寝室のベッドの前で、やっぱりわかばは一瞬躊躇《ちゅうちょ》する。セックスをするのに緊張するのなんて生まれてはじめてだ。ドキドキと胸が痛くて、息が浅くなる。

ぐん、と今度は諒介がわかばの手を引いた。引っ張られるままにベッドに倒れ込むと、諒介がわかばの身体に乗り上げる。

「あんたは、じっとしててくれないか」

わかばを押し倒した姿勢で、諒介がそう言った。言われた意味がよくわからなくて、わかばは諒介の目を覗き込む。

「どういうことだ?」

「どういうって」

「やっぱり今日も、しない?」

おそるおそる訊ねると、諒介はため息をつく。

「どうしてそうなる」

「だって」

セックスの最中、じっとしていたことなんかない。自分は淫魔だ。人間から精気を搾《しぼ》り取るために、いつも自分が率先して相手を煽《あお》ってきた。それを封じられたら、どうやってセックスをするのかわからない。

「俺に任せてほしいと言ってるだけだ」

「きみに、まかせる」

ぽかんと繰り返すと、諒介は居心地悪そうに視線を逸らした。

「……そりゃ、あんたに比べたら俺は初心者かもしれないけど」

ぼそぼそと言って、諒介は意を決したようにわかばの目を見返した。誠実なまなざしにどきりとする。八つも年下で、性的なことはわかばしか知らなくて、はじめての夜は、腰を抜かして泣きそうな顔をしていた。

今夜だって、寝そべっていればそれだけで気持ちよくなれる。なのに諒介は、淫魔のわかばを相手に、自分がリードをすると言っているのだった。

「どうして。男の矜持《きょうじ》というものか？　それなら俺にも淫魔としてのプライドがあるぞ」

「そうじゃない」

諒介は一度躊躇《ためら》うように口ごもる。それから、そうっとわかばの唇《くちびる》にキスをした。

「俺だって、あんたを気持ちよくさせたい」

額を合わせてささやかれ、また唇が触れた。ちゅ、ちゅ、と繰り返し唇を啄《ついば》まれ、じわじわと羞恥《しゅうち》が募った。

自棄《やけ》みたいになってセックスをしまくった時期もあったけれど、あくまで精気を取り込むことが目的で、思い返してみると、そういえば自分はあまり人とキスをしたことがないのだと気付く。特にこんな可愛いような、小さく弾むような戯れのキスなんて記憶にない。

「りょ、諒介、ン、やだ、ン、やめ……っ、ん、んっ」

恥ずかしい、死ぬ、と訴えても、諒介はなかなかキスをやめてくれなかった。頬や額にもチュンチュンと唇が触れる。いたたまれないような恥ずかしさをどうしていいのかわからなくて、わかばは小さく身をよじる。

わかば、と耳元で低くささやかれて、身体が骨を失ったようにふにゃふにゃになった。

「……もう、どうにでもしてくれ」

くらくらしながら身体を明け渡す。すると諒介はまず、神妙な手付きでわかばの服をすべて取り払った。全裸を、味わうようにじっと見下ろされて、わかばも諒介の裸が見たくなる。

「きみも」とわかばが促すと、諒介は頷いて服を脱ぎ捨てた。

諒介は、筋肉質になりすぎない、若々しく整ったきれいな身体をしている。見ているだけで興奮して、わかばの手は勝手に諒介に伸びた。肌に触れようとするが、直前で手を掴まれて阻止される。

「じっとしてろ」

短い命令なのに、諒介のつたない緊張が伝わってきて、いやな感じはしない。なにもしないというのは本当に落ち着かないが、これを諒介が望んでいるなら耐えようと思った。わかばが手を引っ込めると、諒介はほっとしたように息をついて、身を屈《かが》めてくる。

首筋に唇が触れる。わかばが喉を晒《さら》して「ン」と甘く吐息をこぼすと、諒介は自信をつけたように、じっくりとわかばの肌を味わいはじめた。

「ん、ひゃ……っ」

指先で乳首をつままれ、不恰好な声が飛び出す。諒介もわかばの反応に一瞬手をとめた。

「——あっ、やっ」

ゆっくりと捏《こ》ねるようにされ、ぴくぴくと肩が跳ねる。ぷっちり尖《とが》った乳首を、指で転がされるのが気持ちよくて、わかばは自分から差し出すように胸を反らした。

「気持ち、いいのか？」

「うん、うん……っ」

頷くと、諒介は片方の乳首を指で捏ねながら、もう片方に唇を寄せる。チロ、と舌先で弾かれただけでも、痺《しび》れるような快感が襲う。たまらなくて、わかばは諒介の頭をきつく抱え込んだ。

「ア…っ、あっ、ん……っ」

ややわと歯を立てられ、吸われ、舌で転がされる。そのたびに、大袈裟《おおげさ》なくらいに身悶《みもだ》えしてしまう。気持ちいい、もっと、と舌ったらずにねだると、諒介は焦《じ》らすことなくわかばが望むようにしてくれた。

「あっ、も、おなか、へんになる……っ」

「……腹？」

腰から下が、熱でぱんぱんになっているような感覚だった。勃《た》ち上がって先端を濡《ぬ》らす華奢《きゃ》な性器を諒介の脚にすり寄せる。視線をおろした諒介が、「ああ」と納得したように頷いて、大きな手でわかばの性器を握り込んだ。

「……ッ、あ、う、——ン！」

やんわりと、たった一度扱《しご》かれただけだった。それだけで、ぴっと先端から白濁が飛ぶ。

「あ、……ハ、」

ふー、ふー、と胸を喘《あえ》がせて息を整えていると、ひょいと身体をひっくり返された。腰を上げるように促され、シーツに膝をついて尻《しり》を上げる。やわらかい尻の肉を、両手でぐいっと開かれて、ぎくりと背筋がしなった。

「——アッ？」

ひた、と尻の狭間《はざま》に触れたものがなんなのか、すぐには理解できなかった。ぬるりと動く濡れた感覚に、諒介の舌だとやっと気付く。

そんなことはされたことがなくて、わかばはギョッと身体を弾ませた。

「や、やだ、諒介……っ、やっ」

逃げようとしても、腰をがっちりと抱えられて動けない。唾液《だえき》をたっぷりと乗せた舌が、小さな孔《あな》を濡らす。懸命に腰に力を入れるがうまくいかず、ぱくぱくと収縮する蕾《つぼみ》が諒介の唾液を飲み込んだ。

「だめだ、こんな…っ、なあ、あるから、りょうすけ、ア！」

「あるって？」

「だから、濡らす、ジェル、とか、たしか、どこかにしまって、や、あっ」

先を尖らせた舌が、浅くわかばの中に沈む。びりびりと背中に衝撃が走り、わかばはシーツに額を押しつけて身を震わせた。

切れ切れに、「聞いているのか」と声を上げても、諒介からの返事はない。聞こえていないなんてことはないだろうから、あえて無視をしているのだろう。本当に、面倒がるにもほどがある。

「あっ、う……っ、ン！」

ひくつく場所に、諒介の指が触れた。ぐねぐねとマッサージをするように襞《ひだ》を揉《も》まれ、ゆるんだところにつぷんと指が埋まる。ねじのようにひねりながら入ってくる指が、熱を持った粘膜を開いた。

「あっ、ア……っ」

つぷつぷと、浅いところで指が行き来する。もどかしい。もっと太い熱で、もっと奥まで突いてほしい。

「諒介、いれて、入れて……っ、あ、アッ」

ハアハアと、背中で荒い息が聞こえる。諒介も興奮しているんだと思ったらたまらなかった。

「なあ、はやく、うしろから、めちゃくちゃに、されたい、ア！」

うしろへ手を伸ばして、諒介の腕を摑《つか》んだ。首を無理に振り向けて、なりふり構わず「おねがい」と懇願する。濡れてとろけた瞳は、真っ赤に光っているんだろう。わかばと目を合わせた諒介が、はっと息をのんだ。

「おねがい、はやく、もう……っ」

諒介は酔ったような目でふらふらと頷きかけて、それからなにかを振り払うように強く首を振った。

「いや、まだだ」

「なんで…っ、――あ、ん！」

くち、と抜かれた指が、本数を増やして戻ってくる。濡れた音を立てながら粘膜を擦《こす》られるのは気持ちいい。だけど、自分ばかりが高められるのは不公平だ。

「俺も、諒介、さわりたい……っ」

「俺のことはいい」

「よくない、だって、こんな…ッ」

「あんたが、気持ちよくなってるところを見たい」

欲望に掠れて、なのに生真面目さを失わない声に、体温が一気に上がる。

「ン……、そんな、やっ」

どんな男も、わかばのチャームの前では理性なんか保てない。いままでわかばを抱いた男は大抵、ろくな前戯もなくすぐに入れたがったし、わかばもそれでよかった。興奮させて精気を奪うだけの行為だ。短時間で済むほうが楽に決まってる。

だからこんなふうに、自分を優先されたことなんかない。

諒介の、「じっとしていろ」「任せてほしい」という言葉の意味を、ようやく身体で理解する。彼は自分主導でわかばを思いやって抱くことで、いままでの男との違いを証明しようとしてくれているのだ。

気が変になりそうなほど長い時間、ひたすらに指と舌で狭い場所を拡《ひろ》げられた。

四つん這いの姿勢はとっくに保てなくなっていて、腰だけが、諒介に抱えられて高く上がっている。指を抜かれると、その腰もぐずぐずとシーツに沈んだ。

「わかば、大丈夫か」

「だい、じょうぶ、だ」

二の腕を摑まれ、身体を表に返される。膝を裏から摑まれて、ぐいと胸につくほど押し上げられた。ゼイゼイと苦しい息をしながら、けれどわかばの胸は期待に逸る。

とろけきった場所に諒介の熱が触れて、あっけないほどたやすく先端が沈んだ。

「ふ、あ……っ」

熱い、と諒介が低い吐息で呟いて、ずぶずぶと根元までを収める。ぴっちりと性器を抱きしめる自分の内側が、諒介のカタチに広がっているんだと思うとぞくぞくした。熱が上がって目がかすむ。

「諒介、うごいて」

ねだっても、しばらく諒介は動かなかった。動けないのかもしれなかったが、指摘するのもかわいそうで、わかばは焦らされる感覚にひたすら耐えた。年下の恋人は、セックスはまだ三度目の初心者だ。そう思うと可愛くて可愛くて、胸がとろとろになる。諒介を包んだ場所も、わかばの気持ちと連動するようにきゅんきゅんと疼《うず》いた。

「わかば、それ、やめろ」

「だって、きみがかわいくて、アっ」

むっつりと険しい顔になった諒介が、意を決したように腰を引いた。ずる、と内側を擦られて、わかばは「あっ」と高い声を上げながら身体を反らす。抜け落ちる寸前まで引き抜かれたものが、力強く突き込まれると、ますます背中が弓なりに反った。

「気持ちいいとき身体が反るのはあんたの癖なんだな」

「あっ、ばか……っ」

自分が最中にどんな振る舞いをしているかなんて気にしたこともない。大真面目な指摘に羞恥が募る。思わず顔を隠すと、身を倒した諒介に手をかじられた。

がじがじと甘噛みされ、くすぐったくて手をどけると、待ち構えていたようにキスをされる。びっくりして口を開くと、ぬるりと舌に侵入された。

「ン、ふ……っ」

ゆるいリズムで揺らされながら舌を絡め合うのが気持ちよくて、わかばは夢中で諒介の舌を追いかけた。ちゅくちゅくと、濡れた音を立てて唾液を混ぜるのも気持ちいい。ゆるやかだった諒介の腰の動きも、徐々に熱を帯びる。

「ふ、ぅ……っ、ン、……あ、あっ」

ぐっぐっと、奥を繰り返し突かれて、たまらず唇を離して声を上げた。けれど諒介が追ってきて、また唇を塞《ふさ》ぐ。喘ぐのとキスを息継ぎみたいに繰り返して、息が苦しいのに、ずっとこうしていたかった。

「……わかば」

ささやく声に、諒介の限界が映る。

「ん、はやく……っ、あ、いい、そこ…ッ」

快感が噴き出る場所をごつごつと突かれ、先にいってしまったのはわかばのほうだった。達している最中も揺すられ、声も出ない。ぎゅうぎゅうと諒介を締め付けてしまっているのが自分でもわかる。痛がるように顔をゆがめて、諒介がまたわかばの名前を呼んだ。

「あ……っ、出てるっ」

深いところで熱が撒《ま》かれる。繋《つな》がった場所から、諒介の若々しい精気が一気に全身を駆け巡り、わかばのすみずみまでを気持ちよく満たす。うっとりと身を任せ、余韻まで全部味わってから目を開けた。

意識は一気にクリアになり、身体も軽くなって、まさに力がみなぎるといった感じだ。目をキラキラとさせるわかばを見て、諒介が警戒心をあらわにする。たぶん自分はあからさまに、まだ足りないという目をしているのだろう。

起き上がろうとするわかばと押し戻そうとする諒介で、しばし攻防になった。体格の差を見れば諒介が優勢に決まっているが、力で押すことに遠慮がないのはわかばのほうで、押し合ううちに体勢が入れ替わる。諒介を跨《また》いで見下ろすと、楽しいようなわくわくするような気分になった。

「やっぱり、こうでなきゃな」

満足して微笑むと、諒介はあきらめたように肩を落とした。

「やっぱりあんたは淫魔なんだな」

「そうだ。やられっぱなしは淫魔の沽券《こけん》にかかわる」

わかばは、中途半端に力を失った諒介の性器のかたちを指先で辿《たど》った。かたい腹筋がひくりと震える。

「だけど、きみに大事に抱いてもらえて嬉しかった。……今度は俺が、きみをかわいがる番だ」

育ちきっていない性器を握って、とろけた孔に擦りつけた。ぐっと諒介の喉が鳴る。

「ン、あっ、はいる……っ」

ゆっくりと腰を落として受け入れた。

ぺた、とわかばの尻が諒介の腰に着地する。腹いっぱいに諒介を含んでいるような気分になって、わかばは自分の下腹部をてのひらでゆっくりと撫でた。

「諒介の、……すごい」

うっとりと口にすると、諒介が目眩《めまい》をこらえるようにぐっと顔をゆがめる。わかばに翻弄《ほんろう》されまいと踏みとどまろうとしているのが可愛くて、逆になにがなんでも負かしたい気持ちになる。

「ん……っ、ふ」

諒介の腹筋に手をついて、腰を前後に揺らした。なめらかで激しいグラインドに、諒介が低く呻いてぎゅっと目を閉じる。子供みたいだ。

「諒介……」

果てがないみたいに興奮する。自分で自分のペースがわからなくなり、感じるところに闇雲に諒介の張り出した部分を当ててしまう。もっと諒介で気持ちよくなりたい。

「イイ、もっと…、あっ、あ！」

「……ッ、クソ」

奔放にうねるわかばの腰を、諒介が掴んで固定した。

動きを制限され、代わりに下からガンと突き上げられる。強烈な快感に、びくびくと背筋が震えた。

「あっ、や……ッ」

胸を大きく反らして切れ切れに喘ぐわかばを、諒介がまた、容赦なく突き上げる。全身が崩れそうに気持ちよくて、技巧もなにもなく本能だけで不恰好に腰がくねる。

自分は諒介を気持ちよくさせたくて、諒介もたぶん、わかばを気持ちよくさせてくれようとしていて、だからこんな、ぶつかり合うような交わりになるのかと思ったら胸がジンジンと痛んだ。

腕を引かれ、わかばは身体を諒介へ寄せた。少し起き上がった諒介が、軽く口を開けてねだるような仕種をするので、可愛くて、自分から乳首を押し込んだ。ちゅうちゅうと乳首を吸いながら小さく突き上げられるのがたまらなくて、諒介の顔にぐいぐい胸を押しつけてしまう。

「あっ、きもちい、ン、すごい、いい……っ」

「こう、か？」

「うん…っ、そう、あっ、もっと……」

快感を教えると、諒介は素直に学習して、そのたびに少しずつ大胆になり堂々としていく。青年らしい躊躇が取り払われて、表情まで雄っぽくなっていくのを見るのも興奮に繫がり、わかばは目眩を耐えて諒介に目を凝《こ》らした。

ベッドのスプリングを利用した突き上げに、わかばの身体がリズミカルに弾む。身体の上下に合わせて、あん、あん、とさかんに声がこぼれる。気持ちいい。存分に味わって満足しているのに、まだ足りなかった。もっとずっと、繰り返し抱かれたい。

「ア！　すごい、これ、ずっと、入れっぱなしにしてたい……っ」

諒介が、わかばの乳首を嚙みながら「俺もだ」と荒くささやく。熱い吐息にぶるっと身体が震えた。

淫魔だから気持ちよくて、欲望が果てないわけじゃない。人間の諒介だって、わかばと同じ気持ちでいてくれている。そのことが嬉しくて、泣きたいほどに安堵《あんど》する。

「あっ、またいく、だめ、そこ、あ…っ、——ッ」

びりびりと震えながらのぼりつめたわかばの中で、諒介もまた激しく射精した。こんなに全身に力が満ちるのははじめてだ。気持ちよさにうっとりと大きく呼吸すると、諒介が腹の上のわかばを見上げて眩《まぶ》しそうに目を細める。

「諒介？　大丈夫か？」

ふる、と諒介は疲れきったようすで首を振った。わかばに気力が満ちたのは、諒介の精気を吸い取ったせいだ。つまり当然、わかばが元気になった分だけ諒介は消耗する。

「ごめんな」

「いい」

掠れた声で諒介は答えて、わかばと目を合わせるとぽつんと吐息で「きれいだ」と言った。

驚いてわかばは目を瞠る。だけど、嬉しかった。きっと人間離れした、一種異様なかがやきを放っているんだろう。いままでわかばを抱いた男の中には、勘が鋭いのか、行為のあと明らかに怯《おび》えて逃げ出した者もいた。なのに、諒介はそんなわかばをきれいだと言ってくれる。

わかばが指を伸ばして髪を撫でると、諒介はぐったりと目を閉じて、そのまま気絶するように寝入ってしまった。

疲労感のまったくないわかばは、鼻歌混じりにシャワーを浴びてから、諒介の身体を簡単に拭いてやって、ベッドに横になった。ぴくりとも動かない諒介の胴に、抱き枕にするように腕を回して、寝心地のいい場所を探す。

「……吸い取りすぎないやりかたを、覚えなきゃいけないいな」

調子に乗って、淫魔の本能のままに精気を吸い取ることを繰り返していたら、諒介の負担ばかりが大きい。考えたこともなかったけれど、わかばのほうが、もらう精気を調整できるようにする必要がある。

だけど、そんなふうに、諒介と一緒に生きていく方法を考えられることが幸せだ。

気持ちがたかぶりすぎて眠れない夜を、わかばはひとり、満ち足りた気分で楽しく過ごした。


「……頼むから、もう少し寝かせてくれ」

それでも眠れずにただくっついているだけでは退屈で、わかばが辛抱を切らして諒介を揺り起こしたのは朝の六時だった。

「だけど、今日は火曜日だぞ。学校があるだろう」

「休む」

即答だ。真面目な諒介が学校を休みたがるなんて珍しいことだった。

「まだ六時だ。諒介、あきらめるな」

「だったらなおさら寝かせろ」

「俺は会社を休めないぞ」

「知るか」

諒介は不機嫌な荒い声で、鬱陶しげにわかばをどかして背中を向ける。

「諒介」

わかばを拒む背中が、子供めいて頑《かたく》なだ。眠いより他の原因もある気がして、わかばは諒介の肩をぐいぐいと揺らす。

「なあなあ、もしかしてきみ、恥ずかしいのか？　ゆうべ、出すなり気を失ったから？　俺に後始末をされたから？」

「うるさい」

噴然と低い声は、図星だと言ったも同然だった。

「そんなこわい声を出しても、可愛いだけなのに」

顔を見たくて、諒介の背中へ体重をかけて身を乗り出す。身体によじのぼられた諒介が、深々とため息をついた。

「あんた、やってることが三歳児と同じだ」

「きみに構ってほしいんだから、しかたないじゃないか」

きっと恵太も、休みの日の朝に、諒介にこうして乗りかかっているんだろう。一刻もはやく起きて自分を見てほしいと思う気持ちは、きっと自分も恵太も同じだ。三歳だとか二十七歳だとかは関係ない。

まったく悪びれないわかばに、諒介はため息を重ねて、あきらめたのかごろりと仰向《あおむ》けになった。すかさず、それこそ子供のように諒介の胸の上で腹這いになる。胸の上のわかばを見下ろして、諒介はまたため息をついた。

「重い」

「うん」

そうだろうと思うので頷いたが、退く気はなかった。諒介はうんざりとした顔をしたが、にこにこするわかばの頭をぞんざいな手付きで撫でる。

「…………」

じ、と見つめられ、わかばは首を傾げた。

「なんだ、どうした」

「……前から思ってたんだが」

「ん？」と促すと、諒介は渋い顔になって、わかばの頬を撫でる。今度はなにかを求めているような、恋人らしい仕種だった。くすぐったくてわかばが笑うと、諒介は「やっぱり」と手を離す。

「やっぱり？」

「いや、べつにいい」

そんなふうに言われて気にならないわけがない。

「なんだ」

諒介はわかばから目を逸らし、しばらく迷ってから、言いにくそうに口をもぞもぞさせて「キス」と言った。

「へ？」

「あんたは、やることには積極的なのに、キスはしたがらないんだと、思っただけだ」

思いがけない指摘に、わかばはぱちりと目をまたたかせた。

「キ、キス……」

「あんたはガキだって笑うかもしれないけど、俺は、恋人同士はもっと普段から、自然にキスをするんだと思ってた。……とくに、あんたが相手ならって」

「――――」

はっとする。諒介と向かい合ったときや別れ間際にたびたび気になる沈黙があったのは、なにか言いたいことがあったわけではなくて、単に、キスをするタイミングだったのか。

ゆうべ諒介に繰り返しキスをされて、身悶えするほど恥ずかしかったことを唐突に思い出す。ぶわっと頬が熱くなって、わかばはきょときょとと目をさまよわせた。

普段からあんなことをするなんて絶対に無理だ。だけど、諒介の言いたいことはわかる。単純に考えて、普通、恋人同士が愛情を交わす一番最初で簡単な方法はそれだ。だから、ドラマだって漫画だってなんだって、キスシーンは欠かせない。ましてわかばは淫魔なのだから、諒介にしてみれば、外国人かというくらいの勢いで始終キスをしたがってもおかしくない存在なのだろう。

そうか、諒介は、キスをしたがらないし、しかけてもこないわかばのことを不審がっていたのか。

腑《ふ》に落ちて、けれどわかばは口を噤んだまま硬直した。

理解できたからといって、「そうか、じゃあいっぱいしよう」とあけすけに唇を寄せることができない。まごつくわかばに、諒介がふっと顔を近付けた。咄嗟《とっさ》に頭を引いてしまうと、諒介が不可解だと言いたげに眉根を寄せた。

「な、慣れていないんだ」

「は？」

「キスなんて、あまりしたことがない」

恥ずかしい、とたまらず顔を覆うと、諒介がひょいと起き上がった。そして胸の上に乗っていたわかばを器用に反転させて、体勢を入れ替える。真上からじっと見下ろされて、わかばは睫毛《まつげ》を震わせた。

「諒介……」

縋《すが》るように名前を呼んだ。

「わかば」

する、と鼻先をすり寄せられ、わかばは肩を強張らせてきゅっと目をつぶった。唇も、真一文字に結んでしまう。

ちゅ、と軽く唇が触れる。それだけでジンと胸があたたかく痺れた。わかばがそろそろと目を開けると、また音を立てて啄まれる。

「おはよう」

素っ気なくそう言って、諒介はもう一度わかばに口付けて起き上がる。寝るのも学校を休むのもあきらめたようだ。ベッドを降りて服を拾う諒介の背中に、わかばはベッドの上から飛び降りるようにしてドシンと抱きついた。

「――ッ、わかば……」

「もう一回」

「は?」

「いまのはおはようのキスだろう? もう一回しよう」

目をキラキラさせるわかばを見て、諒介が肩を竦めた。それでも、いつも面倒そうな諒介の目も、よく見れば幸せを映した甘い色をしているのがわかる。

おぶさる体勢で、肩から顔を出したわかばに、諒介が首をひねって顔を近付ける。最後の短い距離は、わかばが詰めた。チュッと唇が触れ合うと、照れくさくて笑いが込み上げる。

くふっと笑ったわかばに、諒介も小さく笑った。

「おはよう、諒介」

あとがき

こんにちは、はじめまして、市村奈央です。

今回は、ポップでエッチなラブコメを書きたいという思いつきから、「よし、淫魔だ！」とひらめいて話を作りました。そうです、当初の予定では、もっと絡みが多い一冊になるはずでした。おかしい。だけど、なんだかんだで自分らしいものができあがったと思います。

街子マドカ先生、とびきりかわいくて絶妙に色っぽいイラストをありがとうございました。担当さま、いつもエスパーみたいにいろいろ察してくださってありがとうございます。

ここまで読んでくださってありがとうございました。このあと、もうひとつ小さなおまけがあります。ぜひ最後までお付き合いください。

市村奈央

おまけ

空港の搭乗口で泣き続けるわかばを、ゲートに向かう人たちがチラチラと見てゆく。成人男性で、しかも目が覚めるような美形だ。黙って立っていても人目を引くのに、ぐすぐすと泣いているのだからさらに目立つ。わかばの感情の起伏の激しさにも、そのせいで注目を集めるのにもだいぶ慣れた諒介だが、泣かれるのには相変わらず弱かったし、今日はとくに複雑な気分だった。

——この店を、仕舞うことにしたよ。

嵐がそう言ったのは、一週間前のことだった。三月に入り、わかばがスーツの上にブランド物のスプリングコートを着るのをはじめて見た日だ。ベージュのすっきりしたシルエットが、冬の重たいコートよりずっと似合っていて、わかばに厚着は似合わないのだと妙に納得した。首筋が色っぽくてきれいなせいかもしれない。

わかばはその日からずっとしおれていて、とうとうついさっき、空港に向かう車の中で泣き出した。ハンドルを握らせておくには危なくて、途中で見かねた嵐が運転を代わったほどだ。

飛行機の出発は、あと十分後に迫っていた。「そろそろ行かないと」と嵐が言うと、わかばの泣き声はますます高くなる。まるで子供で、嵐の表情にも困惑が浮かぶ。

「わかば、いい加減に泣き止まないと嵐さんが困る」

「でも、だって……っ」

ずっ、と鼻をすすり、わかばが涙を散らして諒介を見上げた。

「俺には嵐が支えだったんだ。嵐に会えなかったら、いまごろ死んでいたかもしれない。これからだってそばにいてくれるって思ってたのに……！」

言いながらまた感情が昂ぶったのか、わかばは「うわあん」と泣きながら嵐の胸にぶつかっていった。「おやおや」と呆れたように受け止める嵐と、悲劇のヒロインのように号泣するわかばを眺めて、諒介は拗ねたような表情になる。

これは、おもしろくない。

わかばにとって、嵐が大事な存在だというのはよくわかる。誰にも告げずに去ろうとしていた嵐に動物的な勘で気付き、問い詰めて白状させてしまったくらいだ。

精神的にはもちろん、嵐の触れたものを食べると体力が回復すると言っていたから、身体的にも、わかばにとってはそれこそ生死に関わるといっても大袈裟ではないくらい大きな意味を持つ人物だ。それは認める。理解もしている。

けれどこれはない。まるで自分は蚊帳の外だ。ふたりが重ねた年月を考えればそれもしかたないことなのかもしれないが、納得はできなかった。自分には、物申す権利があると思う。わかばの恋人は自分なのだ。

「わかば。諒介くんが、人殺しのような目をして僕を見てるよ」

からかう響きはあっても、穏やかでさらりとした嵐の声音は、不思議と嫌味を感じさせない。それどころか、自分が単に不貞腐れているだけなのを思い知らされて、諒介はふいっと顔を背けた。

「……ヤキモチか？」

わかばが、泣き濡れた目で諒介を振り返る。ぞくりとするようなあやしさと、子供のような愛らしさとが絶妙に混じりあった表情を、本人はまるで計算も意識もせずにつくるのだから性質が悪い。

「そうだ」

頷くしかなくて、諒介はわかばのスプリングコートの襟をうしろから摑んで、嵐から引き剝がした。軽い身体がトトトとよろけて、諒介の胸にわかばの背中が当たる。肩を抱いて自分のものだと確認して、やっと少しだけ気持ちが落ち着いた。

「そんなこわい顔しなくても、攫ったりしないよ」

「本当ですか」

つい声に棘が混じった。おい、とわかばが諒介を見上げてたしなめる声を出す。けれど諒介はかまわずに、じっと嵐の目を見返した。

「前からずっと気になってた。いま聞かなきゃ、きっと一生後悔する」

ふ、と嵐が微笑する。わかばは、厳しい顔の諒介と、微笑む嵐を、困ったようにおろおろと見比べた。

「——嵐さんは、わかばのこと、恋愛の対象として考えたことはないんですか」

「ないよ」

すっきりと迷いのない否定だった。

「もしわかばに、この先もずっと大切なひとができなかったら、仲間に入れて連れて行ってあげてもいいと思ったことはあるけど、それはわかばがひとりぼっちで、やせっぽちで、あんまり可哀相だったからだよ。僕にとってはわかばなんて、孫みたいなものだからね」

「孫……」

「きみもだよ、諒介くん。ふたりとも、孫みたいに可愛い。だから、もう大丈夫だと思ったんだ。わかばのことだけが心配で、あの地に留まっていたけれど、きみがいればもう心配ないよね」

嵐に頭を撫でられ、諒介の胸にまた複雑な思いが込み上げる。かなわない。正確な年齢は知らないが、嵐の話が本当なら、彼は自分たちより相当年上なのだ。孫のようというのも、おそらく本気なのだろう。

わかばの肩を抱く手に、もどかしく力がこもる。きつく抱き寄せられたわかばが、首を傾げて諒介を見上げた。

搭乗を急かすアナウンスに、嵐が「じゃあ行くね」とわかばと諒介を順番に撫でる。

「幸せにね、わかば。諒介くんのこと、大事にするんだよ。諒介くんも、わかばのことよろしくね」

わかばがこくんと頷いたので、諒介も小さく頭を下げた。小さな鞄ひとつで身軽に搭乗口に向かう嵐の背中を、ふたりで並んで見つめる。

「……泣いてばかりじゃいけないな」

すん、とわかばが鼻をすすり、自分の頬をぱちんと叩いた。見下ろした横顔は、健気で、頼りなくて、けれどわかばは諒介を見上げて、にっと笑って見せる。

やせ我慢だ。だけどわかばが笑うのは、この先を諒介と一緒に歩いてくれる気持ちがあるからだろう。そう思うといとしくて、背筋が伸びる。

「嵐さん！」

腹から声を出すのは久し振りだった。わかばの薄い肩がびくりと跳ねて、ゲートをくぐったばかりの嵐も驚いた顔で振り返る。

「任せてください！　——わかばのこと、絶対に幸せにします！」

身体を九十度に折り曲げて、深々と頭をさげた。こんなふうに礼をするのも久し振りだ。

夢中でボールを蹴っていたころを思い出す。

サッカーをやめてから、もうなににも心を動かすことはないと思った。だけど、わかばが好きだ。わかばのためなら必死になれる。

隣に並んだわかばが、諒介の手を握った。嵐の姿がすっかり見えなくなってから頭を上げると、わかばは泣き笑いのような表情で甘くはにかんだ。てっきり茶化されると思ったので、甘酸っぱいような反応に、諒介もひどく照れくさい気分にさせられる。

「……帰ろうか」

頬を染めて、恥ずかしそうに俯くわかばが可愛い。

その夜はふたり、おやすみのキスをして、手をつないで眠った。

✦初出　おやすみのキスはしないで……………書き下ろし
おはようのキスもしないで……………書き下ろし

市村奈央先生、街子マドカ先生へのお便り、本作品に関するご意見、ご感想などは
〒151-0051 東京都渋谷区千駄ヶ谷 4-9-7
幻冬舎コミックス　ルチル文庫「おやすみのキスはしないで」係まで。

RB 幻冬舎ルチル文庫

おやすみのキスはしないで

2016年1月20日　　第1刷発行

✦著者	市村奈央　いちむら なお
✦発行人	石原正康
✦発行元	株式会社 幻冬舎コミックス 〒151-0051 東京都渋谷区千駄ヶ谷 4-9-7 電話 03(5411)6431[編集]
✦発売元	株式会社 幻冬舎 〒151-0051 東京都渋谷区千駄ヶ谷 4-9-7 電話 03(5411)6222[営業] 振替 00120-8-767643
✦印刷・製本所	中央精版印刷株式会社

✦検印廃止

ISBN978-4-344-83627-3　C0193　Printed in Japan